翟之悦 著

分手吧，罗拉

Goodbye, Laura

当代世界出版社
THE CONTEMPORARY WORLD PRESS

图书在版编目（CIP）数据

分手吧，罗拉 / 翟之悦著 . -- 北京：当代世界出版社，2017.11

ISBN 978-7-5090-1284-0

Ⅰ . ①分… Ⅱ . ①翟… Ⅲ . ①中篇小说 – 小说集 – 中国 – 当代②短篇小说 – 小说集 – 中国 – 当代 Ⅳ . ① I247.7

中国版本图书馆 CIP 数据核字（2017）第 278825 号

书　　名：	分手吧，罗拉
出版发行：	当代世界出版社
地　　址：	北京市复兴路 4 号（100860）
网　　址：	http://www.worldpress.org.cn
编务电话：	（010）83908456
发行电话：	（010）83908409
	（010）83908377
	（010）83908455
	（010）83908423（邮购）
	（010）83908410（传真）
经　　销：	全国新华书店
印　　刷：	北京画中画印刷有限公司
开　　本：	710 毫米 × 1000 毫米　1/16
印　　张：	13.75
字　　数：	150 千字
版　　次：	2017 年 12 月第 1 版
印　　次：	2017 年 12 月第 1 次
书　　号：	ISBN 978-7-5090-1284-0
定　　价：	32.80 元

如发现印装质量问题，请与承印厂联系调换。
版权所有，翻印必究，未经许可，不得转载！

序

范小青

翟之悦与一般的青年写手不太一样,写作初期就闷头写了好些大部头的作品,比如长篇小说《买房战争》《广告丽人》《铁血柔情武则天传奇》《狄仁杰之落泪蔷薇》等。

有人曾问她:"你不担心这些大作的出路吗?"

她对此都是淡然处之的态度。幸运的是,每每作品成稿,都能得到出版社的积极回应,这使她在写作初始,也就安下心来,专注于作品本身的创作。

如果照着这条路走下去,几乎过不了多久,年轻的她,也许真的就可以著作等身了。可就在这时,她改变了路数。

已经走熟了的、而且是相对顺利的路她不再走,却另辟蹊径,舍近求远,"何须自生苦,舍易求其难",她做出了新的别样的选择。

她开始写中篇和短篇小说,也恰好在这时候,我和她结识了,她碰到了一个要求比较严格的同行。

说心里话,我对年轻的翟之悦,心里是有一份敬佩的,也真心为她选择了一条艰难的道路而感动,这是她对文学的认知和坚持,也正因为如此,我读她的小说时,总是比较挑剔,比较不好说话。

难道在我的心底深处,不希望她选择艰路而行?

但是无论如何,她是执着的,她的追求是有底气的,我曾经跟她探讨过这个话题,她丝毫没有犹豫,也丝毫没有动摇,始终坚持朝着这个方向走下去。

回到她的小说本身吧。

收在这本集子里的中短篇小说,先前我都读过,这差不多是一年左右、甚至不到一年的时间里翟之悦写出来的,她的执着追求和热情,使得她的写作速度飞跃起来,因为从去年下半年到今年年初,我只是感觉到,过不了多久，她就会发两个小说给我，我还没来得及读，她的新作又发来了，真是读的没有写的快。

　　翟之悦的这一批小说的特点，一是题材的特殊性，二是艺术的感染力。

　　翟之悦这本中短篇小说集的题材，几乎无一不是打工者，打工男女，尤其是女工。

　　她牢牢地盯住这个群体，她自己就在他们中间穿行，和他们同甘共苦，和他们风雨同舟，体味他们的人生，触摸他们的梦想，这是非常难能可贵的。

　　收在这本集子中的，比如《女工凤喜》《摆摊》《白日焰火》等几篇的共同之处是，小说结构上完善完整，情节设置合理，语言干练利索，表达到位，小说的结尾也都不错，都留有余地，留有空间，没有画圆。能够给人不确定的感受，有时候，不完美的结尾才会完美。

　　也有些作品因题材的新颖性而吸引人，比如《梦之咒》，就有一种很特别的感觉，读来令人兴奋，虽然篇幅很短，给人的感觉好像没有写完，但这恰好给读者提供了再挖掘的机会，尤其是开放式的结尾，可以给读者无限的想象空间。

　　相对以上几篇来说，她后来创作的《半支烟》《分手吧，罗拉》，艺术上又有了明显的变化和跳跃，从先前单纯的本色写实，进入想象丰富、虚实结合的境界，这是写作上的可喜进步，是翟之悦着力用心于写作的成果。

　　总之，不难看出，在写作这批作品的过程中，翟之悦一直在努力提升作品的文学品质。关于小说的"文学品质"，到底是什么，应该怎么培养，怎么加强，可能是个说不太清的问题，也许只是一种直觉。但是，我能感觉到，目前翟之悦正是集中精力在研究、在体会、在实践的路上孜孜追求，所以，我完全有理由相信，翟之悦的写作之路，会越走越宽广。

范小青
（作者系中国作家协会全委会委员，江苏省作家协会主席）

目录

女工凤喜　/ 002

误 会　/ 051

梦之咒　/ 061

半支烟　/ 069

分手吧，罗拉　/ 093

白日焰火　/ 111

逃　/ 127

摆摊　/ 141

下岗女工　/ 159

女工凤喜

女工凤喜

一

接过蓁城暂住证的那一刻，女工凤喜终于长吁了口气。作为户口簿的替代品，薄薄的暂住证像是后娘生的，怎么看也不够硬气，却意味着她在蓁城暂时站住了脚。凤喜厌恶地盯着自己的名字，来到城里她才发现，在一起打工的90后中，她的名字最是老土。她盘算着把名字改得洋气点儿，可如何改，此时的凤喜还真说不上来。

凤喜一向认为自己不是个有主见的人。打工对她而言，是从众心理作祟，也是为了"逃离"。在凤喜长大的村庄里，曾经，出门打工意味着冒险和离经叛道，除非急需用钱，或是因为特殊原因无法立足，人们宁愿守着贫瘠的故土，也不愿奔向一无所知的陌生城市。世界在变，乡村也发生着日新月异的变化，不知从何时开始，出门打工不再意味着特立独行，反而成为一种风尚。受过教育的农村青年无法忍受乡村的枯燥贫瘠，开始扎堆上城。他们并非仅为了赚钱，更为寻求发展的机遇。每当年底，看到打工归来的乡亲带回的各种稀奇物件，凤喜的心不由躁动起来。

蓁城遍地都是工厂，这种说法并不夸张。在蓁城的每个区镇，都能看到成片高大的厂房、连绵的仓库、宽阔的停车场、豪华的酒店、林立的高楼，被挤占的田野星星点点分布在外围，点缀着这个繁华的工业城市。蓁城名扬四海，吸引着成千上万的打工者涌入，投身于这片工业的海洋。急剧膨胀的人口，令城市猝不及防。城市不断扩大，到处可见正在建造的高楼和新路。即便如此，城市仍然无法仓促间接纳如此之多的外来务工者，而市中心高昂的物价和房租也令打工男女们咋舌——城中村便应运而生。

凤喜和娘住在城中村。她所在的电子厂一公里外，便是城市的边缘。公路尽头几条破烂水泥马路和苍茫田野之间，赫然出现了大批五六层楼高的农民别墅。那是城乡结合部的农民私自搭建的房屋，里头被分成几十个"鸽笼"用来出租。主要租客是外来务工者以及在城里底层的闲散人员。每扇简陋的木门上用红漆写着门牌号，便于辨识。

凤喜难以忘怀第一次看房的场面，一打开门，混合着皮革、泥土、排泄物的腌臜气息直冲她的鼻翼，伸头望去，没有厨房和卫生间，甚至没有像样的窗户；黑魆魆的四壁满是漏雨留下的不规则图案；木头床板随意架在几块方砖上，歪歪斜斜的桌上倒扣着一副碗筷——

房东解释是前任房客留下的。一切都带着因陋就简的味道,符合外来务工者匆匆过客的身份。凤喜并不嫌弃小屋粗陋,反而感到一阵亲切,尽管比起乡下宽敞的瓦房,这里小得可笑,可看在房租低廉份上,凤喜咬牙签了租约。

城中村的晨昏热闹非常,女工,则是这里最重要的群体。下班后的她们成群结队一股脑儿涌来,黄昏中的小村闪避不及。不过,这里实在是块风水宝地,附近的电子厂、鞋厂、五金厂、玩具厂、制衣厂从未间断招工。到处喧嚣沸腾、到处是订单交易,车来车往、熙熙攘攘,干劲儿十足,形成一股特殊的磁场。满街充斥着款式粗陋简洁的蓝色、土黄色工装,附着浓重的汗臭、机油和粉尘。工装左胸的厂标,展示着女工们自食其力的骄傲。蒙着厚尘的树木间拉着长长的绳子,衬衣、长裙、丝袜随意悬挂,肆无忌惮地飘垂铁丝绳上。这里没有垃圾桶,墙角和田地里抛洒着散乱的垃圾,嗡嗡的绿头苍蝇愉快地扑向这一切。

二

"懒丫头,快起来!上工啦!"

昨晚凤喜加了夜班,此刻正做着美梦,梦里的她成了办公室文员,正豪气干云地教训着车间拉长。凤喜娘沙沙的嗓门钝刀似的在凤喜耳膜上锉过,令她瞬间跌回现实。凤喜一骨碌翻身起床,看一眼闹钟,已是早上六点。

"哎呀,我的娘啊,怎么不早点喊我。"凤喜嘟嘟囔囔不住地抱怨,却不耽误她手脚利索地收拾自己。挽好蓬乱的长发、穿好蓝色的工装,端起装着牙刷毛巾的脸盆直扑门外的井台。这个点儿,井台边热闹非凡,挤满了前来打水的红男绿女,他们多数衣衫不整,隔夜的面孔灰如水泥,涩重的眼皮瞌睡般耷拉着,水声和他们肆无忌惮的喝骂声交织成一片生机勃勃的声浪。

打水需要排队,凤喜抻长了脖子,不耐烦地等待着。忽然,她的眼睛一亮,仿佛通了电的白炽灯泡。不远处的巷子里,出现了刚下班的阿宝。阿宝是凤喜的工友,他白天打工,晚上在夜店做兼职保安,每天天亮才回来。

阿宝面色憔悴不堪,胡子拉碴,挂着两个大黑眼圈!不过,这完全不影响颜值。阿宝穿着最新款的皮鞋,顶着最潮的发型,他脸盘小、眼皮薄、个子高、大腿长,眯着眼睛,一甩头发,活脱脱是韩剧里的长腿欧巴。

"凤喜,帮我打水洗把脸,我困死了。"阿宝朗声喊凤喜,对她贴心贴肺地一笑。阿宝吝啬付出他的笑容,多少漂亮女工围着他大献殷勤,他都不理不睬,只把笑容赋予凤喜。面对他高大的身躯,凤喜只觉自己匍匐在地、低到尘埃,一声"欧巴"几乎脱口而出。她忙不迭娇声答应,屁颠屁颠地张罗起来。

打水对凤喜而言并不陌生,她老家的井台上架着高高的木架,人们将铁桶系上绳子放下井道,用机器压水。水桶很重,所以这种

粗活一般由武孔有力的男人来干。凤喜十五岁之前,她爹负责打水。可凤喜初中没毕业,爹就得病去世了,好吃懒做的哥哥和重男轻女的老娘不愿再供凤喜读书,从此打水的活计落到了辍学的凤喜头上。从未干过这种活儿的小凤喜力气不够,每次只打半桶水。就为这个,她没少挨老娘和哥哥责骂,说她偷懒。要不是同村的阿财及时叫停,勉力打水的她差点被沉重的水桶带到井里见了阎王。

阿财皱着眉头说:"你干不了这粗活儿。走吧,我们一起去城里打工。"

阿财的叔叔是城里的包工头,工地上正缺人手。

阿财的双眼像两团火苗,点燃了凤喜的心火。她想:村子有什么值得留恋?层层叠叠的山峦、低矮暗黑的瓦房、青黄不接的庄稼、做不完的农活儿,一旦入夜,整个村庄像是沉入水底的古城,死一般的宁静,令人窒息。大家都上城了!我也走!到城里去!凤喜瞬间做了决定。

凤喜就这样跟着阿财到了蓁城。城市给她的第一印象是车窗外不断闪动的店招:电子、模具、轮胎、童车、女装——这滚滚而来的工业之河将凤喜裹挟而去。她亢奋、晕眩,鼓胀的胸襟快要炸开了,以至于无法好好打量那一栋栋高耸的大楼、金碧辉煌的酒店和连绵不绝的厂房。

凤喜进城后的第一份工作,是在阿财叔叔的工地上做饭,阿财则在工地上开起吊机——这两个活儿可是人人眼红的清闲活儿,一切都托阿财叔叔的福。工地上上下下都把凤喜看做阿财未来的媳妇,或许连阿财也这么想,但凤喜就不。虽说生活在工地,但城市就是城市,它以独特的方式将一些无法言喻的东西主动被动地输入了凤喜脑海。她把这个看做——见识。对,见识。这令原本头脑简单、无甚主见的她有了自己的看法。比方说,对阿财的态度。

凤喜自懂事起,就跟着凤喜娘一起干活儿:种地、拔草、喂猪、做饭——在村里,干这些活计的往往都是柔弱的女人。男人除了打水,其他活计一律袖手旁观,心安理得地让女人们劳作,自己则优哉游哉地吹牛、抽烟、看电视——摆在乡村女人面前的路并不宽阔,若是胆敢迈出,便会被故乡集体排斥。而来自同村的阿财,总像是过往生活的一种延伸和提示。对凤喜而言,她更希望像一滴水那样融入城市生活的洋流,不愿与从前那隐含粗野和残酷规则的生活再有瓜葛。

凤喜知道,她不能再待在阿财身边,再待下去,彼此都会变得不客气。凤喜不顾阿财的挽留离开工地之后,凤喜失去了进城后的唯一优势。她挣脱了朋友、亲属、家人交织而成的关系网,将自己推到了一个孤立无援的境地,她需要重新适应生存的规则。还好,在工地做饭的日子,令她对这个城市建立起了一点粗浅的认识,至少,她懂得如何去找工作。为解决无处容身的境遇,她应聘到一家电子厂当车间的普工,工资虽低却管吃管住。

那是凤喜与电子厂的第一次零距离接触。在她从前的印象中,那些高、大、宽的灰扑扑的厂房,整齐划一穿着工装的工人,就是电子厂的固定符号。而走进车间内部,她才发现,外头的宽敞明亮

都是假象，这里充满着沉闷滞涩的昏暗，工作桌、塑料箱、电子板、零件均散发出古怪、辛辣又刺鼻的味道，与"沉闷"胶合成稠密的气氛。一张张窄桌上，堆满粘着红黑蓝三色导线的电子板，一排排女工，几乎以同一频率、同一姿态甚至同一个动作翻检着这些脆弱小巧的元件。她们没有多余的表情和动作，同样的服装甚至令她们失去了辨识性。

安装液晶显示屏的工种缺人，受过简单培训后的凤喜便被派去填缺。这个活儿看似简单，只需将十几个引脚分两批插入电子板的两边即可。而凤喜甫一操作，满满的信心便被打击殆尽。当她插到第N个引脚时，前面插好的全部自动弹出。无奈，她只得将烂摊子交给拉长收拾。拉长面无表情地接过电子板，将斜的引脚弄直，便完成了操作。手忙脚乱了一个多小时，凤喜才能独立操作。她惊讶地发现，在工厂的流水线上，每个工人只需做好手里的活计，不用掌握整个工艺流程，因此，她所需要做的只是重复再重复、耐心再耐心即可。她清亮的眼睛和年轻的手指逐渐和谐。然而，源源不断的电子板宛如流水一般涌到跟前，每一道工序必须确保在固定的时间内完成。重复了成千上万次之后，凤喜逐渐感到整个身体的反抗。首先是手指的刺痛，不断触碰电子板的手指皮肉开始黯淡继而发紫，肿胀成小小的气球，若是电子板的尖角冷不丁施压，"气球"就会爆裂，喷溅出鲜红的血液；在时间的荒野中，凤喜柔软挺拔的脖子像被套上了不断收紧的无形铁箍，僵硬而疼痛；她的眼睛灼痛，分泌出不明的汁液。她终于忍不住偷眼打量身边的同伴，她们都静默不语，可那漠然的眼珠和近乎疯狂的动作出卖了她们深入骨髓的劳累。

流水线上的工人每天至少工作十三个小时，遇上旺季需工作十六个小时之久，周六全天工作，礼拜天下午可以轮休。不过，算上加班费，每个月不菲的薪水超过在家种地两年的总收入。所以，尽管不少工人嚷着辞职，却并未付诸行动。凤喜初步计划打工两三年，存点钱再做打算。不过在这不长不短的两三年内，什么事都可能发生。此时的凤喜与其他女工的不同之处在于，她认为凡事总在变化之中。

一旦歇工，隐藏已久的倦怠自动从四肢百骸深处冒出，凤喜几乎想倒在任何一个可以躺下的地方死死睡去。吃罢淡而无味的饭食，她扑倒在宿舍的床上，沉沉入睡。

凤喜的宿舍住着十个女工，木头材质的上下铺摆放在房间两侧。每个女工拥有一个小小的衣柜，随着时间的推移，原本空空的储物柜会逐渐膨胀，不断增加的衣物和吃食从柜子里延伸到地上、床上，散发出各种可疑的气味。宿舍外长长的走廊上，十多个同样格局的宿舍"一"字排开，走廊尽头是集体厕所兼做浴室。工厂有五栋宿舍楼，每栋住着两千多个工人。宿舍里毫无隐私可言，女工们穿着裹衣随意走动，用力关门、大声说话，全然不管还在休息的舍友。她们多数来自农村，过惯了集体生活，很擅长忽略彼此的存在。闲暇时光，看连续剧是她们的主要休闲方式，尤其是清宫古装剧令她们孜孜不倦、如痴如醉。追剧时，她们偶尔会起身洗个衣服、聊个微信，然后回来，自由穿梭在现代和古代之间。

女工们彼此怀着戒心，或许因为大家来自五湖四海，不知底细，

且这个行业流动性很强,舍友转眼就会不知所踪。年轻的凤喜很容易适应了环境,她干起活儿来又快又好,工资也水涨船高。她跟舍友们打成了一片,追随她们购买新款手机,学着化妆和打扮,改变了十多年的发型——解开发辫,烫了长发。她摆脱了乡亲们的约束,混迹在同龄女工当中,过得自由而快活。不过,一种从未有过的感觉,却开始间歇性地出现,青春的荷尔蒙就像是某种"病态",幽灵似的在她猝不及防的时候发作,瞬间的软弱和寂寞令她恍惚而迷茫。

还未容凤喜细细品味这"病态"的由来,逍遥的日子就告一段落,乡间的老娘很快找到了城里,要求跟凤喜同住。明知老娘是被哥哥扫地出门,凤喜也不得不收留她。于是,刚刚步入正轨的生活被打乱,她被迫脱离了生机勃勃的女工群体,带着老娘住到了工厂附近的城中村。不过,讽刺的是,当年哭着喊着要来城里打工的凤喜,从未想过身处这个繁华之都,依然难逃使用水井的命运。每次排队打水,凤喜的心情便似被这混着泥浆、污浊的地下水泡着,在无望的灰暗中浮浮沉沉。

唯有阿宝是眼下生活中唯一的亮色。

三

凤喜上班要打卡,迟到会被扣钱。帮阿宝打水耽误了早晨宝贵的时间,心急如焚的凤喜只好压缩了打扮的步骤。她对着镜子草草擦上乳霜，便坐下吃早饭。凤喜娘给她盛了泡饭和榨菜。凤喜吃饭不讲究，唯独榨菜无论如何难以下咽，只要闻到那股味儿，胃部自动翻江倒海。

老娘见状，斜眼骂她："做工的身子，小姐的胃口。"

凤喜急着上班，只当没听见。昨晚的小菜是一个咸蛋，她和老娘一人半个。凤喜只吃了蛋黄，吃剩的半个咸蛋清这会儿正好下饭。

凤喜娘一见，急了，又骂："你作死，这么吃当心吃死。出门在外，要扣着吃，才能省下钱。"

凤喜白了老娘一眼，刚想回嘴，忽见她在吃昨晚剩下的一点冷饭，连火都没舍得打，这才把满腹的怨愤咽了下去。

门外电瓶车喇叭"嘀嘀"响个不停，阿宝略带磁性的声音响起来："凤喜，收拾好了吗？上班去啦！"

凤喜又惊又喜，来不及咽下最后一口泡饭，一推碗筷，抄起拎包，连蹦带跳地跑出家门。这个死阿宝，真聪明，哪里搞来一辆电瓶车，嘿！

楼上的阿翠酸溜溜地喊："阿宝，接老婆上班呐？"

阿宝眉眼一挑，似笑非笑。凤喜最喜欢阿宝这个样子，简直帅气得一塌糊涂！阿宝治愈了她间歇性发作的"病态"，凤喜做梦都想做他的老婆。只是，阿宝从来都是一副吊儿郎当的样子。来不及多想，凤喜喜滋滋地跳上电瓶车后架，环抱住阿宝的腰，甩下一路羡慕嫉妒恨。

凤喜进厂打工后才结识的阿宝。电子行业的工厂是女性世界，

耐心、细致、容易管理是这里永远的主题,冲动、粗心、闯祸是男工的代名词。因此,厂里有成千上万名女工,男工却少得可怜。像阿宝仪表这么出众的男工更是厂里的向日葵,多少大姑娘小媳妇围着他打转。阿宝具体做什么工种,凤喜不大清楚,只觉得他白天永远是睡不醒的样子。不过,他完不成的工作,自有心仪他的女工主动帮着完成。阿宝的眼神就是指南针,阿宝的脚步就是罗盘,阿宝的语言就是磁场,他的一举一动,撩动着多少寂寞的芳心。本来轮不到凤喜跟他套近乎,只不过,恰好凤喜租住的房间就在阿宝隔壁。一来二去,她发现了阿宝夜晚兼职的秘密。阿宝要凤喜给他保密,为此对凤喜格外亲热。凤喜受宠若惊,从此对阿宝的杂事有求必应。熟悉之后,她才知道,阿宝跟她一样,家在偏远的农村。阿宝干不了农活儿,也读不进书,初中没毕业就出来打工。他家还有两个哥哥,虽没了养家的负担,打工的仨瓜俩枣却还是不够他开销,只好去夜场做保安赚点零花。凤喜对阿宝的话全盘接受,从不质疑,她只恨自己太过普通,虽然对阿宝很是稀罕,却不敢存非分之想。

一公里的路程眨眼就过,一到厂门口,无论凤喜多么不愿从自己黏黏糊糊的心思中挣脱出来,也只得小猫似的跳下了车子。阿宝挥挥手,迈着仙鹤般的步子停车去了。凤喜怔怔地望着他远去的背影,怅然若失。

"打卡打卡!还不去上工!"保安粗鲁的声音唤醒了凤喜,她在他们不怀好意的挤眉弄眼中,梦游般打过卡,进了车间。

凤喜的活计并不难,只是枯燥。机器的血盆大口一开一合,喉头似的铁块对接，便浇筑出磨具。凤喜拉开外门，将手伸入，取出黏住的模具。注塑机日复一日吐出同样的产品，一切围绕机器运转，不需要过多的思想。在老家，心灵手巧的凤喜干农活儿绝对是好把式，对付眼前这点活计更是小菜一碟。她很快成了业务骨干，手下的活儿总是又好又快，只是，这活儿干得久了，汗流浃背、腰酸背痛之外，源源不断的精神倦怠感随之而来。凤喜感到肉身被逐渐抽干，渐渐漂浮起来，唯有双手不断应付着没完没了的机械运动。不过，今天，或许是阿宝的刺激，令她麻木的神经变得稍稍敏感起来。她并没有专业的知识，纯粹出于女人的直觉，直觉令她站在熟悉的机器跟前，迟迟不愿伸出手去。

拉长走过来，粗鲁地捅捅她："怎么啦？杵在这里干啥？快干活！"在车间，拉长一样需要干活儿，她嫉妒干得比自己出色的凤喜，因此对凤喜的态度从不会因为她是技术骨干而有所好转。

凤喜紧盯着机器，犹犹豫豫地伸出手去拉机器的外门。机器发出一声刺耳的巨响，宛如一头苏醒的巨兽，再次开动。一切看似很正常，可是，生产出的产品尺寸不对，色泽也有误。一瞬间，凤喜脚下堆积起满筐的废品。

拉长捡起一个看了看，对凤喜横眉竖目道："你在搞什么？这是什么？肯定不合格！"

凤喜摩挲着手不知所措，忽地醒悟道："一定是机器坏了！"

"哼！别人的机器都没事，只有你的有问题？"拉长的声音拔高了八度，引得工人们纷纷围拢来看。

若是周围没人,凤喜或许就忍了这口气,可周围满是工友,凤喜抹不开脸,倔脾气上来,生硬地回答:"这我怎么知道?我又不是维修工。"

拉长冷不防被顶撞,脸色刷地变得通红:"你的货出了次品,你还顶嘴?"说着,气哼哼地走了。

适才当着拉长的面,大家都不吭声,眼下拉长离开,工人们开始七嘴八舌。

一个懂行的大姐说:"看样子就是机器出了毛病。工人最怕机器出毛病,我老公本来在厂里干得好好的,有一次不知怎么昏了头,手卷到了机器里,断了三根手指,现在都没法干重活儿。妹子,你要小心。"

她的话令周围的女工毛骨悚然,凤喜不由得捂住了嘴。

另一个女工忽然说:"你得罪了拉长,以后有罪受了。"

在车间,最受尊重的除了主管就是拉长,拉长可以任意调动车间内每个人的岗位,如果得罪了拉长,可能被分配到最苦最累的活儿。因此,工人们见了拉长和主管总不自觉地满脸堆笑讨好他们。的确,车间生活不如乡村生活自由,可是,这里远超于农村的收入,令工人们自愿忍受着种种束缚。

正说得热闹,质检组长来了,估计是拉长叫来的救兵。大家自动噤声,回到各自的岗位。质检组长拿起产品对着光亮看看,皱着眉头道:"机器故障!去叫维修工。"

维修工是个挺高的男孩,如果不是两颊布满日光密集照射的痕迹，甚至称得上帅气。他拆开机器外壳，简单固定住开合的铁门，抄起一根长长的铁钎修理起机器，一边不住嘴地叫凤喜帮忙。凤喜紧张地盯着机器的大嘴，她想起工友的话，不由得仔细看看自己的手指，手指粗粗短短并不好看，可至少是齐全的。她知道工厂为自己买了不菲的保险，但她可不愿动用那个保险。

凤喜进厂时受过简单的培训，尽管那只是走过场，可拥有初中文化的她毕竟懂点常识。她忍不住发问："那个，《安全守则》上说，修理保养机器前好像要先断了电源？"

维修工瓮声瓮气地答道："不用！"

凤喜又问："那问题究竟出在哪里？早上还好好的。"

维修工专心对付着铁家伙，不再答话。一边的工友冲着凤喜挤眉弄眼，意思叫她别再多话。凤喜怔怔地呆立一旁，她依稀记得工厂制度上写着机器需要在使用前先做好安全检查，很明显，工厂没有执行这个规定。

拉长盯着维修工的动作，不再理睬凤喜，眼看修了好久，机器还毫无反应，她亲热地拍了拍维修工的背，柔声说："你在这儿慢慢修，我带她换一台机器。"

拉长扭过头，转瞬换了一副表情，虎着脸对凤喜说："你跟我走。"

凤喜不想更换活计，身体适应新的节奏需要时间，在这个过程中，疲劳感会更为强烈。可凤喜只能服从调配，除非她不想干下去。拉长板着扑克牌样的脸，带她来到另一台机器边，跟一个女工交代一下，转身就走了。

这台机器与凤喜原先那台差不多，只是凤喜做熟的活儿由其他女工操作，她只需负责下一个流程，将合格产品按规定打包放上流水线。

有人提醒凤喜，这个机器生产出的产品有油污，需要一一擦拭干净，才能装箱。

"为什么？"凤喜瞪圆了眼睛，"我原先的机器生产出的产品都是干干净净的，如果有油污，说明是次品。"

"这个我怎么会知道。质检没说产品不合格，只要擦干净就好。"对方不高兴地眨眨眼睛，继续忙乎自己的事。

凤喜无言以对，她早已领教了那种漠然。工人们只会告知新手如何做事，却从没有人问为什么。或许这是知识结构造成的业务能力的短板，或许是在这流水作业的流程中，大家疲于应对手中的工作，除了选择服从指令外，不再有任何探寻和深究的热情。

这是凤喜上工以来最沮丧的一天，她明知是机器出了小小的问题，但碍于刚才的风波，不敢再追问和质疑。她的手梭子般上下起伏，全神贯注地对付着这些冰冷的产品，擦拭，擦拭，擦拭，机械重复千万次后，她的意识陷入了茫然。擦拭产品影响了打包装箱的进度，但需要完成的数量却一个不少。待到浑身油污，凤喜终于下班踏上归途，阿宝已经吃好晚饭出了门。

凤喜家门口坑洼不平的城郊公路上，巨型渣土车轰鸣而过，扬起新一轮的黄尘，夕阳下的烟尘渲染出一种粗粝的浪漫情调。烟尘散去，失魂落魄的凤喜大大吃了一惊——阿宝仿佛从天而降，紧身

T恤、破洞牛仔裤、金项链,顾长健硕的腿从电瓶车侧面搭下,那叛逆时尚的姿势令她心如鹿撞、绯红满颊。

阿宝皱起眉头,甩甩头发,大声问:"凤喜,你怎么啦?"

凤喜鼻子一酸,为了掩饰自己的沮丧,她扯着嗓门喊了一声:"跟拉长吵架了。"

还未等阿宝回答,凤喜娘以迅雷不及掩耳之势冲出小屋,原子弹似的骂声劈头盖脸冲着凤喜射来:"凤喜你个死丫头,好好个饭碗你不捧稳当,还跟领导吵架!你不想干啦!现在找个事情做多不容易!你万一被厂里赶出来,我们娘俩吃什么!"

"行了,行了!"阿宝满脸鄙夷地冲凤喜娘挥挥手,"大娘,这不还没到那一步吗?就算她真被炒了,那点工资,我还真看不上眼呢。"

凤喜娘不敢跟阿宝吵架,却不肯服输,气鼓鼓地说:"凤喜是女子,比不了你后生家白天一份工,晚上一份工。你要肯娶她做老婆,把她养起来,我老太婆后半辈子也算有靠。"

阿宝不高兴了:"大娘,凤喜挣再多钱,还不是被你拿回乡下倒贴儿子。我娶了她,还得养大舅子,这算什么事啊!"

凤喜明知阿宝只是打个比方,听到他薄薄的嘴唇里吐出"娶啊嫁啊"之类的字眼,禁不住脸热心跳。

凤喜娘想跳脚骂人,碍于阿宝的大块头,只得把即将脱口的脏话咽到肚里,转头对凤喜说:"你哥哥快要翻新房了,等你寄钱回去。明天你去厂里赔个不是,听见没有!"说罢,狠狠瞪了阿宝一眼,

 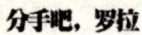

绕到屋后做饭去了。

阿宝温柔地望着凤喜,阿宝说:"凤喜,我要去上班了。"

凤喜感谢他的维护,却不禁在他的目光里低下了头。她听到自己娇羞的声音:"阿宝,你白天晚上连续做工,身体会不会吃不消啊?"

阿宝叹息一声,继而目光灼灼:"没有好爹好娘,只能靠自己啊。晚上的钱好赚,我再不走要迟到了。凤喜,别难过!当牛做马十几个小时,才那么点钱,那个破工厂,我早就不想做了。"

"不在工厂做,还能做什么?"凤喜低声说。

"能赚钱的地方多了,回头再跟你说,再见!"

凤喜完全没能力理解阿宝这话背后的深意,只感觉他那俊朗的背影里隐藏着的不安分。阿宝身上有种工人身上罕见的玩世不恭,在那他帅气得几乎带着脂粉气的身躯里,潜藏着一头狂躁的兽。凤喜呆呆地望着阿宝骑车驶入黄尘滚滚的小街,飞驰过臭水沟上的水泥桥。他的背影像晚风中的莲花,缓缓消失在朦胧的夕光里。

四

无滋无味地吃着晚饭,凤喜还沉浸在阿宝带给她的悸动中,尽管已开始蠢蠢欲动,可她并没有仔细辨识自己的内心,她对自己的潜能一无所知,她尚未开蒙的身体并不明了自己的渴望。她从乡间而来,携带着最原初的本真和愚钝,她那半呆滞半愉悦的神情,像是某种标记，标识着她与过往世界的联系。吃过晚饭，凤喜让自己在睡眠中获得暂时的安妥，逃避即将到来的、无法抗拒的、充满变数的明天。

蒙头大睡一夜，凤喜将隔天的不愉快忘得一干二净。可一到工厂，她就被直接带到另一个车间，并调换了工种，一干就是一个月。没有人告知凤喜，她原先的机器是否修好。

刚出品的产品太热，需要降温。机器闸口三分钟打开一次，将产品吐出，掉入装满冷水的箱子。凤喜的新工作，是将产品从冷水中捞出。两台机器间摆放着沾满油污的凳子，供凤喜坐下。新工作的每个动作看似毫不费力，却要保持快捷和稳定的节奏。机器设置好程序后，反过来奴役着工人，凤喜动作稍微一慢，箱子里便会积起一堆货物。因此，即便凤喜身边无人监督，却像面对着机器监工，体能和精力被最大限度地压榨干净，临近衰竭的边缘。

凤喜感觉口干舌燥，空气里的机油味、塑料味、汗臭味以及女工身上特有的浓重腥甜的味道混合成一股令人窒息的奇异气味，注塑机"轰轰"的巨响，电焊"刺啦刺啦"的噪音，其他机器的"咔嚓"声、"隆隆"声汇聚成震耳欲聋的声浪，与那股气味缠绕、叠加，入耳入心入脑，五脏六腑都为之震颤、翻转。

凤喜吸了口气，强忍着身体的不适，她的手、肩、腰仿佛成了零件的一部分，奇怪的是，她的头脑却在这源源不断的煎熬中转得飞快。不停弯腰的动作让她联想起家乡的农活儿，此刻家里正是农忙的季节。田野里风吹日晒的辛苦劳作似乎比眼前的活计沉重十倍，然而，总有农闲，干活儿时间也自主。况且，面对大丰收，心中充满激情和希望,而眼前永无休止的重复劳作却似一种苦役。她无意识地打量着四周,其他女工的手仿佛开足马力的机器,眼花缭乱地舞动着。她们动作均匀、有条不紊,既不疯狂劳作也不东张西望,仿佛这一切都是理所应当,丝毫不以为苦。一样的工装、一样的口罩和帽子、一样的活计,工友们的个性、外表、年龄全然消失,只剩下一组工号。

毫无来由的,凤喜开始哆嗦起来。故乡是粗野和贫瘠的,但至少还有热度和激情,而在这里,她开始失去感知自己的能力。置身于这同性的群体中,她第一次感到深深的恐惧,她发觉自己正逐渐成为她们中的一员。转换工种也无法改变打工的本质,她正逐渐成为这工厂、这车间里的电子板、注塑机甚至货品,成为没有思维没有温度的某种物质。难道,这就是她离家来打工的意义?这就是她所追寻的自由的生活?凤喜惊讶于自己的想法,过去的自己似乎从不曾如此富于联想和总结。仿佛工厂的劳作在禁锢她肉身的同时,为她打开了灵魂的窗户,她曾经钝滞的思绪宛如溪流冲破重重阻塞,逐渐变得清澈通透起来。但是,改变环境却要意志力,集体生活令人随波逐流,这种生活会消磨所有试图改变环境的动力。

怔忪的瞬间,拉长面无表情地从天而降,踢踢凤喜的凳子,厉声说:"你偷懒!"

凤喜茫然无措地望向拉长。拉长化着淡妆,描着眉眼,若不是凶神恶煞的表情令她的脸有点扭曲,倒还有几分姿色。拉长眼下的表情,与对男维修工的全然不同。凤喜为自己的想法咧了咧嘴。

"你笑什么？"拉长大声呼喝，"你偷懒！还敢不把我放在眼里。"

凤喜一激灵，她瞬间意识到拉长开始了报复，急忙辩解道："我没有啊，我一直在干活儿。"

"你居然跟我顶嘴？"拉长声音抬高了八度，"我会向组长和主管汇报的。"

一切都充满阴谋的意味，凤喜很快被带到另一个房间，组长和主管都在里面。

"车间反映你工作不专心，总是偷懒，还喜欢串岗多嘴，尤其是不服拉长管教。"主管问道。

凤喜将询问的眼神投向组长，组长最清楚她对工作的热忱。可是组长的眼神躲了躲，没有接招。

凤喜难以置信，自己埋头苦干的日日夜夜，磨破的手指、僵硬的脖颈、"咯咯"作响的肩胛骨、肿胀如萝卜似的小腿、布满红血丝的眼睛、总是饥肠辘辘的肠胃，而这一切，就被刚才那几个字眼轻飘飘地全部抹杀了？

凤喜血液中的野性瞬间翻涌奔腾，曾经被城市的文明、厂里的规定紧紧束缚的来自乡野的彪悍霎时迸发，她瞪着血红的眼睛逼视着拉长："我没有，是你冤枉我！"

拉长脸色一变，一想有主任和组长做靠山，又恢复了胆气，似笑非笑地说："你们看看，你们看看，她这是什么态度！当着你们的面都敢这样，背着你们还不知道怎么样呢。"

组长受不了这气氛,掏出纸巾擦着脑门上迸出的汗珠,吭哧了一阵说:"你不要这样,这样对你不利。我们也是想帮你。"

"帮我什么?帮她一起欺负我?"

一直没有表态的主管忽然开了口,冰冷的语调不带一丝感情色彩:"我们本想给你一次机会,但现在看来你已经不适合在这里工作。这个不是个人的决定,而是全体中层的决定。"说完,他背着手转身就走。

凤喜望着她们不再吭声,她突然明白自己说什么都是错,作为工厂里最没有技术含量的工种,她微不足道到没有任何话语权。凤喜一把捋下帽子,扯掉工装,扔在地上,踩着这些浸泡着她汗水的衣物扬长而去。仿佛获得了一种解脱,她的身心轻松地能飘上云端。工人们目光或惊诧或淡漠,而她已不在乎。想起他们还要继续留在原地无法轻易摆脱这无休止的劳作,凤喜瞬间起了怜悯之意。

回到家,凤喜扑倒在床上,她的鼻腔里还残留着塑胶、机油的味道,她可以清洗干净身体的味道,可那深入腠理的气味,却并非一朝一夕可以消失。

得知凤喜丢了工作,凤喜娘捶胸顿足:"死丫头,出门打工哪有不受气的。吃人家的饭就要看人眼色,你这么大个人怎么就不长点心眼。"

凤喜悔不当初,却绝不服软:"东家不做做西家,哪里都需要女工。我明天就去见工!"

"你个犟脾气不改改,到哪里都做不长。"

阿宝跨进门来，嘻嘻笑道："大娘你别说得那么绝。凤喜年轻漂亮，到哪里都好找工作。以后她嫁个有钱人，你还不是跟着享福。"

凤喜娘撇撇干瘪的嘴，不屑一顾地说："我自己养的女儿我知道，就她那个样子那个脾气，哪个有钱人看得上她？阿宝你就不要寻老太婆开心了。"

凤喜不乐意了，抗议道："为什么非要嫁给有钱人？城里女人都讲究独立，我年纪轻轻有手有脚，你怎么知道我不会发财？"

凤喜娘叹口气说："你是个乡下女人，乡下女人就要守本分。你会发财，你会发财母猪都能上树。你听娘的话，就别做大梦了，明天去给领导赔个礼，还让你回去上工。"

阿宝说："依我说，凤喜早该炒了那破工厂，跟我去夜店干。做服务员端茶倒酒也比做女工好。那里有很多搭识有钱人的机会。"

凤喜娘像被踩了尾巴的猫忽地跳将起来，指着阿宝说："你个杀千刀的二流子，不要带坏我女儿。我女儿是黄花大闺女，以后还要嫁人的。"

凤喜跟老娘想法不一样，她赶紧打断娘："娘，你懂什么。我自己行得正坐得直，怕什么！"说着，扭头问阿宝，"夜店是干什么的？你做保安真能赚那么多钱？"

阿宝嘿嘿一笑，拿起手机说："这是最新的Iphone7，七千块。赶得上你三个月的工资了。"他又指指自己的头发，"就我这发型，剪一剪，不烫发，一百块。你说夜店好不好赚？"

凤喜娘冷眼看着阿宝脖子里老粗的金项链，讽刺道："什么手

机不手机我不知道,你脖子上那狗链子,假的吧。外面小商品市场几十块钱一根。"

阿宝气得直跳脚:"大娘,我不跟你一般见识。这链子,货真价实,不信你咬咬。上次有个工友刚说了个假字,就被我打得嘴巴开花。"

人家那头发是"韩式料理",一百元一个。一百元能买五十斤大米,是五斤猪肉,是五天的房租。一个苹果手机七千元,是三千五百斤大米,是三百五十斤猪肉,凤喜在心里飞快地换算着。

凤喜娘斜眼瞅着阿宝,说:"照你这么说,你晚上打工的地儿满地都是金子,让你随便捡?"

阿宝不屑于跟老太太拌嘴,从口袋里掏出一个信封,扔在脏兮兮的饭桌上,对凤喜说:"你好大气性,走得那么急,连半个月的工资都不要了。我刚才去财务那里帮你讨了回来,你收好!想通了再来找我。"

凤喜受到了鼓舞,做了一夜的乱梦,迷糊中觉得人民币已经在猎猎飘扬。第二天早上,她挂着黑黑的眼圈去找阿宝。阿宝还没起床,穿着背心短裤,露着毛茸茸的胳膊和长腿给她开门。阿宝白天打工,晚上上班,卸了妆的脸灰灰的,像是涂了层防风蜡。阿宝打个哈欠,胳膊上结实的肌肉像两只瞌睡的小老鼠。

凤喜从没见过阿宝这个样子,慵懒的阿宝别有一番魅力。不过,她没有忘记今天来的目的。她涨红了脸,觉得自己心脏"咚咚咚"快要跳出胸膛了。深深吸了口气,凤喜依然不敢看他,就紧紧盯着"小老鼠",她听到自己在说:"阿宝,我决定跟你去。"阿宝正在打哈欠,张大的嘴一下子合拢了一半。阿宝喜出望外："凤喜，你终于想通了，太好了。"

"什么时候上班？"凤喜问。

阿宝的眉毛蜷缩起来，像个好看的蚕宝宝："这么着急啊，容我跟经理说一声。"说着，他上下打量一眼凤喜，说，"你这个样子去应聘可不行，虽然服务生有制服，可你也得打扮一下啊。"

一语点醒梦中人，凤喜低头看看自己，满是破洞的圆领汗衫，一条老娘给做的花裤衩，光脚穿一双塑料拖鞋，确实不成体统。自惭形秽的凤喜决心改头换面，以全新的面貌投入新的行当。凤喜带上阿宝帮她讨回的工钱直奔市中心。巍峨的大商场威仪赫赫，令她目眩神迷，心生向往。她置身于花花绿绿的女装世界中，仿佛刘姥姥进大观园。伸手摸摸那些做工精致、款式新颖的高级女装，丝滑的质感仿佛流水般滑过她粗糙的手指。再一看价格，三千八百元。这衣裳是金子做的啊，三千八百元！凤喜手一哆嗦，再不敢随便乱摸，万一勾了丝，要她赔，可是万万赔不起的。凤喜断了在商场购物的念想，转投商场后边的小巷。那里有的是小眉小眼的小店，门脸虽小，价格却亲民。凤喜实在看不出三千八百元一件的衣服和三百八十元一件的有什么区别。小店里的衣服从几十元到几百元不等，凤喜如鱼得水，试了这件试那件，件件都好、件件都美，最终，她花一百八十元买下一件衬衣、一条裙子。新衣服穿上就不愿再脱下，善解人意的老板娘帮她把旧衣服打包好，提醒她，新衣服要配上新发型和新妆容，还热心指点隔壁就有美发店和化妆品店。凤喜怦然

心动，她道声"谢谢"直扑隔壁，花了几十元买了全套化妆品，还拜托店里的小妹帮自己化了个浓妆。接着，凤喜又在美发店坐了一下午，给自己烫了满头的方便面卷。镜中的凤喜眉目如画、脸如春水、嘴角含情，好一个青春美少女。凤喜急于让阿宝道声赞，脚下生风，奔回城中村。

阿宝还没回家，凤喜家倒是来了个客人。凤喜娘正陪着客人说话。一见凤喜进来，两人都瞪圆了眼睛站了起来。

屋里光线暗，凤喜只觉客人身形眼熟，圆圆的大脑袋、健硕的身体、粗壮的短腿，全然不似阿宝那般有款有型。走近一看，原来是阿财。阿财的身材又壮了一圈，脸也黑了不少，头发剃成了平头，粗壮的脖子里带着手指粗的金链子，手指上还套着方方正正的金戒指，看样子混得蛮不错。

凤喜娘对阿财很热情，一点都不像对阿宝那样阴阳怪气，她眉开眼笑地说："阿财难得来，凤喜好好招呼。我先去做饭，你们慢慢叨咕。"说着，扭过脸狠狠瞪了凤喜一眼，意思是"你识趣点"，便颤巍巍地出了门。

凤喜对阿财可不像对阿宝那么巴结，一见老娘出门，她的脸立刻冷了下来，没好气地说："你来干什么？"

阿财吸吸鼻子，冷冷地打量一下她，说："凤喜，你变了。"

凤喜知道阿财那点心思，见他故作深沉的模样，忍不住扑哧一笑，决心逗逗他："变美了还是变丑了？"

阿财本来准备了一肚子话教训凤喜，可不知为何，见她一笑，心立刻就酥了一半。阿财是个比较有头脑的农村青年，他会说话、会恭维、会看人眼色行事，还有股无师自通的蛮横劲，敢于在城里乱闯硬拼。跟着当包工头的叔叔干了一阵，他逐渐拉起了自己的建筑工队伍。叔叔给他介绍几个生意，他都应付得来。眼下，阿财也成了小小的包工头。虽然他只读过三年小学，却一直很尊重读书人，他很早就看上了读过初中的凤喜。要知道，在村里，读过初中就是高学历了。因此，当凤喜求他带她上城打工，他正中下怀。只是，他并不认为凤喜能在城里混出个样子，他只是享受这种帮人的感觉。他不知道，正是他这种居高临下、自以为是的态度，令凤喜对他敬而远之。

凤喜明白，阿财是凤喜娘搬来的救兵。她不打算理睬他，看在他带自己来城里打工的份上，权且听听他想说什么。

"凤喜。"阿财的声音变得有点古怪。

"嗯？"

还未等凤喜回过神来，忽然感到一阵裹狭着烟味、口臭、汗腥的湿风扑面而来，瞬间将她挤到墙角。

"凤喜，嫁给我，别去什么劳什子店打工。我养得起你！"

毫无预兆的，阿财将凤喜推到墙上，试图亲吻她。他的蛮横令凤喜感到他依然像是乡间的一种动物。凤喜忍住胃里的翻江倒海，使出全力往外一推。她并不指望自己的力气可以推开他，她只是在表达一种态度。

"阿财，我娘要进来了。"

"就是你娘叫我来的。她要我把你从阿宝那个油头粉面的家伙那里拉回来。"阿财没有放弃"进攻"。

凤喜陡然生出一股怒气,她不明白是谁给他们的权利,来干涉她的生活。她惊讶于自己的想法,这是阿宝经常挂在嘴上的"专利",却在不知不觉中开启了她沉睡的自我意识。

凤喜盯着阿财被情欲淹没的双眼,认真地说:"我还不到二十岁,还不想嫁人!"

小屋的门"砰"地被打开,刺眼的光亮洒遍每个角落。

阿财的眼神抖了抖,头脑恢复了正常。他望向门口,门静静地关着,适才谁也没有来过。他有点懵然、有点惊异——凤喜不过是个失业的女工,是个刚进城的农民,除了继续打工或者嫁人,她不会有更好的出路。他简单的大脑并不明白问题出在哪里,他不懂凤喜决绝的底气从何而来。不过,有一点他明白,眼下除了离开,他似乎没有更好的选择。

"你想好了,再来找我吧。"阿财瓮声瓮气留下一句话,转身走了。

正在门外择菜的凤喜娘见阿财悻悻离开,大惊失色,颠着脚赶过去,颤声喊:"阿财,阿财,吃了饭再走啊。阿财——"

阿财头也不回,骑上电瓶车,一溜烟走了。凤喜娘见留不住阿财,气冲冲返回屋里。

花枝招展的女儿镇定地坐在房里,默默地想着心事。

这样的女儿让凤喜娘感到陌生而恐慌,她眨着迎风流泪的老眼、搓着沾满菜叶的粗手,哆哆嗦嗦地说:"女儿啊,做人要守本分,农村女人再怎么强,最后还是要给人做媳妇,替人生孩子,在家做农活儿。你心气再高,也是干活儿的命。找个好男人,才是归宿。阿财对你死忠,你就嫁给他算了。晚上出门抛头露脸地工作,要给人家戳脊梁骨的。"

凤喜原本一肚子气,胀得像鼓鼓的皮球,却被老娘一席话,说得悲从中来:"娘啊,我不甘心。一样是人,凭什么人家过得像模像样,我却只能做人家脚底的泥。你就让我跟阿宝去试试吧。"

凤喜娘悲伤地摇摇头:"女大不由娘,你是不撞南墙不回头啊。"

"撞了南墙,我也不会回头。"说罢,凤喜花蝴蝶似的跑出了家门。

五

阿宝没有回家,他给凤喜发了条短信,让她直接去夜店找他。阿宝知道凤喜不用微信——她舍不得出钱买流量,阿宝真是体贴。凤喜没去过夜店,也不懂夜店究竟是什么地方,但看老娘和阿财的表现,似乎是个不大正经的所在。可在阿宝嘴里,夜店可是个好地方。凤喜的想象力有限,就拿韩剧里看来的迪厅酒吧作为参考。

夜店离工厂不远,凤喜担心遇见旧工友,特意绕了好几个弯才拐进那条马路。夜店果然流光溢彩、美轮美奂,初中文化的凤喜只能想出这两个词来形容眼前的一切。凤喜想象阿宝会站在夜店门口

左顾右盼、望穿秋水，想象阿宝穿着神气的保安制服、别着警棍，在门口站岗。阿宝见到全新的她准会眼前一亮，疾步上前，亲热地搂住她的肩膀，像城里的情侣那样甜蜜地走进夜店大门。然而，阿宝没有出现。夜店门口只有几个染着金毛、打扮奇异的半大小子，齐齐地把目光投向了她。凤喜适才的万丈雄心顿时消失了一半。她掏出手机，给阿宝打电话。阿宝过了许久才接电话，电话那头嘈杂不已，鬼哭狼嚎般的歌声穿越而来。阿宝说，他正在忙乎，要她自己进门。

电话断了，凤喜只好硬着头皮走进大门，幸好没人拦她。走廊黑魆魆的，音乐震耳欲聋。金碧辉煌的大厅令凤喜灵魂出窍，半张的嘴巴不曾合上。大厅中间炫目的舞台上正表演歌舞，周围的卡座中数不清的红男绿女边喝酒猜拳边欣赏着表演。大厅边有几条透明的走廊，走廊里是一排排包间。穿着整齐制服的俊男靓女挂着职业性的微笑，托着酒水和小吃训练有素地穿梭在大厅与包间之间。

凤喜幻想自己穿上制服的样子，顿时雀跃不已。她远远看到阿宝，阿宝坐在舞台另一头的吧台边，奇怪的是，他并未穿保安制服。阿宝明显精心打扮过，他穿的休闲服她从未见过；他的头发一根根竖着，估计费了不少摩斯；他一双小眼炯炯有神，闪闪亮亮散发出迷人的光彩。经过今天下午的倒饬，凤喜懂了，阿宝这是化了浓妆。阿宝还是那副慵懒的姿势，可状态跟平时截然不同，似乎一头好整以暇、随时准备出击的豹子。

凤喜穿过人群，走向阿宝。阿宝对面坐着一个珠光宝气、雍容华贵的中年女士，阿宝正笑盈盈地听对方高谈阔论。阿宝终于看到了凤喜，阿宝眼神呆了一呆，似乎被惊吓到了，转瞬又恢复了正常。他跟中年女士打了个招呼，便将凤喜领去见经理。

"凤喜，你这身行头还不错，就是发型太吓人了。待会儿上工前，问人家借个发网，把头发盘起来会好看些。你的唇膏掉了，待会儿别忘了补上。"阿宝若有所思，"还有，你下次别再穿这双破鞋，重新买双好的。服务员有统一的制服不假，可鞋子还是需要穿自己的。你哪怕穿双黑布鞋，也比穿这种——嗯，你自己看吧。"

凤喜原指望自己的新造型能让阿宝动心，谁料换来一顿数落，不由得有些泄气，可一看自己脚下，一双半新不旧的白皮鞋早已掉了皮、塌了跟，仿佛过了花期的老太。再对着走廊里无处不在的镜子照照，满头狮子卷的确吓人；口红早就剥落了，苍白的嘴唇被灯光一打全无血色，也难怪阿宝嫌弃，她只得忍气吞声。

凤喜努着嘴巴，想了片刻，忽然反击似的说："阿宝，我一直以为你在做保安。"

"没错啊。"阿宝狡黠地眨眨眼睛，"这些太太都需要我的保卫。"见凤喜怏怏不乐，阿宝拍拍她的肩膀说，"傻姑娘，她们都是来寻开心的，我说几句好话，陪她们喝几杯酒让她们高兴一下，就能得到一大笔小费。卖掉的酒水，吧台还会给我提成，何乐而不为？光做保安，吃辛吃苦一个月，才多少钱？这年头，做人不能太老实。"

凤喜不知道阿宝说得对不对，他的做法已经超出了自己对道德的认知。凤喜只知道，自己绝对干不了阿宝所说的活儿。

凤喜跟着阿宝见到了经理,她听阿宝提过,经理是个厉害女人,夜店所有的领班、小姐、服务生还有社会上三教九流的客人,她都能摆平。她一直以为经理是个五大三粗旧社会老鸨那样的女人,谁料是个斯斯文文三十出头的妩媚女人。经理穿黑色的套装,扣子系得严严实实,肉色丝袜、黑色高跟鞋,头发一丝不苟,完全没有江湖气,倒像是写字楼里的白领。也是,夜店上班也是上班,不分贵贱。

经理勉励了凤喜几句,无非是要守规矩,对客人要周到,要向前辈多学习之类的老生常谈,说罢挥挥手,招来一个女服务生,让她带凤喜去换衣服上班。

凤喜问阿宝:"这里不需要上岗培训吗?"

阿宝不以为然地说:"服务生不需要技术,态度殷勤就可以。你看别人怎么做,你就怎么做。放心吧,这里生意好,又缺人手,少不了你的工钱。"

阿宝很忙,说几句就忙着去招呼自己的客人了。凤喜跟着新同事换了制服,又战战兢兢去领了酒水单,学习了填单、交单、领酒水小吃之类的流程,便被派去为包厢客人服务。

上了几天班,凤喜才知道夜店里头别有洞天。除了大厅和包厢,后头还有个巨大的迪厅,门口开在马路另一边。顾客都是年轻人,门票很便宜,酒水价格也不贵。她猜想自己的旧同事会光顾,所以一直守着自己服务的包厢,从不去后面的迪厅。为此,经理非常满意。据说之前经理已经炒掉好几个上班时间偷偷溜到后面蹦迪的服务生。

开头,凤喜只负责端茶倒水。过了几天,负责点歌的小妹没上班,领班便指派干活卖力又懂得操作电脑的凤喜顶上。最初的战战兢兢过去之后，凤喜对自己的新工作游刃有余，便生出了闲情打量眼前这个浮华小世界。包厢里头的装修大同小异，无非是一圈华丽气派的沙发、大理石桌面、音质非凡的音响设备，然而这样一个封闭的小空间却散发着令人无法抗拒的奢靡气息，与自己住处相比，鲜明地比照出两个世界。小姐们都浓妆艳抹，美艳不可方物，没有世人想象中的放浪形骸，而客人多数衣冠楚楚、举止有度。客人和小姐虽然亲密，却有节制。眼前的一切令她无法不去反复想象，想象这些红男绿女在包厢之外的精彩生活。他们一定进出高级的写字楼，优雅的咖啡厅、宽敞的健身房，他们的家一定装修得富丽堂皇、极尽奢侈，而下班后的她只能锁在一个黑色的小屋子里，在梦中与这一切相遇。

曾经，凤喜在幻想中将韩剧的华丽生活原封不动地照搬进自己的梦境，而如今夜店生活开阔了她的眼界更开启了她的想象力。纸醉金迷的世界被掀起一角帷幕，琳琅满目的奢侈品一起向她挤眉弄眼，而她却一贫如洗地和这些擦肩而过，尽管如此，她依然不自觉地拥有了更高的期许和品位。凤喜的外表开始有了细微的变化，她抹掉了夸张俗艳的妆容，即便在休息日也是轻敷粉黛、略点红唇；她不再穿汗衫拖鞋，除了上班，其余时间一律是一条简洁又包裹严实的裙装，她满头的卷毛被拉直又吹成长长的波浪，平添了几分妩媚气息。夜店越是俗艳，她越是要高雅，夜店越是奢靡，她越是要简朴。

阿宝惊叹于凤喜的变化，可他简单的头脑不懂凤喜自我保护的用心。但无论如何，眼下的凤喜如清纯的荷花，在夏日里散发出别

样的清香,她举止中残存的泥土气息,更令阿宝心旌摇曳。阿宝常常感叹,若凤喜是有工作有房子的城市姑娘,他愿意即刻与她定下终身。而此时的他与她,一无所有,只能在出租屋结婚,生几个上不了户口的孩子。无法受到良好教育的孩子长大,又得步上父母的后尘。这样的前景,光想象就让他不寒而栗,更不是他愿意舍身兑取的。

服务生的收入比不上小姐们,但对比工厂,已是不菲。可对凤喜而言,眼下的日子其实并不好过。青春年少的凤喜正是爱做梦的年龄,文化知识令她的头脑比其他服务生更为精细、更具想象力,她目睹经理、领班、小姐们每日与客人的纠缠,她眼见每日挥金如土的逢场作戏,渐渐地,她无法不为自己的渺小拮据而痛苦万分。久而久之,她意识到,她所纠结的并不仅仅是钱的问题。她已经无法阻止自己去质疑人与人之间的巨大差距,以及造成这种差异的缘由,她变得更为细腻敏感,内心世界的愈加丰富令她更为孤单无依。

那天结账时,享受凤喜周到服务的客人额外给了凤喜两百元小费。凤喜受宠若惊,想要推辞,可对方坚持,令她感动万分。事后,阿宝笑她傻。

凤喜说:"为客人服务是分内事,我领了工资,不可以再收钱。"

阿宝笑道:"来这里消费的都是有钱人,开一瓶酒就是你一个月的工资。"

"话是这么说,可是,我总觉得受之有愧。"

阿宝翻翻白眼:"凤喜,你进步一点。那些小姐坐着享受你的服务,不用付出什么,每晚就能拿到五百元。你累死累活才拿两百元小费,有什么不好意思?"

凤喜正色道:"阿宝,话不能这么说。她们出卖色相,我出卖劳动力。"

"哈哈哈!"阿宝笑得上气不接下气,"在别人眼里,进了夜店工作的女孩子,哪有区别?除了我相信你,还有谁会信你?"

凤喜一听,如梦初醒。怪不得最近邻居们看她的眼神都如此怪异。原来白天睡觉、夜晚上班的她无论如何爱惜自己,在人家眼里都是这副形象。如此一来,凤喜劳动致富的心便一寸寸灰暗下来。连续几天,她都拒绝了阿宝骑车送她上班的要求。阿宝耸耸肩,潇洒地走了。上班时间一分一秒地接近,迟到便会被扣钱。凤喜鼓起勇气,踏上上班的路途。身边是迷离的黄昏,这熟悉的黄昏里隐藏着多少芒刺般的目光和不堪入耳的议论?独自赶路的她心底忽地生出几分惧意。

紧赶慢赶到了夜店,刚好八点。凤喜不再娇喘吁吁,而是气喘如牛,她几乎后悔刚才没有答应阿宝的邀请。八点过后是黄金时段,待凤喜匆匆忙忙换好衣服,酒足饭饱的客人们已陆续到达。客人们呼朋引伴地走进一个个包厢,整个夜店开始忙碌起来。今天的客人特别多,服务生忙不过来。已经被视作熟手的凤喜需要同时服务几个包厢。凤喜安排好前几个包厢的酒水,来到最后一个包厢点单。适逢领班带着小姐们进门。身着晚礼服的小姐们"一"字排开,花蝴蝶似的等待着客人的挑选。凤喜见怪不怪,目不斜视地做好自己

的本分。也活该有事,有个浑身酒气的客人不知是故意找茬,还是确实醉了,小姐们走马灯似的换了几批,他都不满意。领班强自按捺,赔着笑脸准备再换一批。那客人不知哪根筋搭错,摇摇晃晃踱到凤喜身边,一把揪住她的衣领,拉到身边,大着舌头说:"这个不错,我、我就要她陪。"

凤喜哪见过这个阵势,吓得目瞪口呆。

领班赔着笑脸说:"她是新来的服务生,什么都不懂,我帮你换一个。"

"什么都不懂才好,我才不要那些老油子,就要她。"

领班见客人丝毫不肯通融,转身低声劝说凤喜:"要不你就陪客人喝一杯?你陪他们喝,他们才会买酒,酒水利润可高了,我会分给你提成。"她冲着桌上努努嘴,"这些小姐都这么干的。"

"我不行。"凤喜推托着。

领班没有放弃动员:"他们老吃老做,不宰白不宰。待会儿我给你的酒里掺水。"

"老子出得起钱。"客人不耐烦了,从包里拍出一大叠票子扔在桌上,扭头冲凤喜说,"你陪好我,这些就是你的。"

这个举动触动了凤喜敏感的神经。凤喜的脸涨得通红,几乎滴出血来,她忍不住低声说:"先生,你拿我当成什么了?我不是小姐!只是端茶倒水的服务生。"

"被装纯情了,我还不知道你们是什么货色?"

"啪"的一声,对方话音未落,便被一个结结实实的耳光打断,客人的胖脸上留下五个指印。

"误会，误会，都是朋友。有话好说，有话好说。"阿财不知从哪个角落冒了出来。

挨打的客人捂着胖脸，竖着三角眼，气哄哄地盯住阿财："兄弟，我这可是为了帮你才挨得打，你说，现在怎么办？"

阿财勾着对方的脖颈，赔着笑脸，满脸的横肉挤成一堆："陈老板消消气，消消气，今天这顿算我的。其他的我们回头再说。"

凤喜冷冷地说："这是唱哪一出啊？阿财，你解释一下。"

阿财安抚过朋友，把凤喜拉出包厢，低声下气地说："这是我朋友，其实是我让他来试探你的，还好，你没让我失望。凤喜，这里不适合你，你还是跟我去卖建筑材料吧。我现在发了点财，你跟着我混保证不会吃亏。"

凤喜冷笑道："阿财，你长本事了，居然来砸我饭碗。我不要靠你！"

阿财刚想说什么，听到动静的阿宝突然跑来，嘴里急急地叫着："凤喜，出了什么事？"

一直冷眼旁观的领班看懂了这出情景剧，狠狠地发话道："你们有事到外面去解决，不要在场子里面闹。"继而扭头对凤喜说，"我们这里庙小，容不下你这么大气性的菩萨，明天你不用来上班了。"说完，踩着高跟鞋"噔噔噔"地走了。

阿财挠挠头，塞给凤喜一张名片："凤喜，我还是那句话，你想好就来找我。我还有朋友要招待。"他转而望向阿宝，点了点头，

转身便走。

凤喜顿时懂了两个男人之间的默契，如果不是阿宝故意透露，阿财不会对她的工作场所了解得那么具体。她为自己突飞猛进的理解力感到沾沾自喜，但随之而来的忧郁将她的心紧紧包裹住。她跟着阿宝走到夜店后巷，通往后巷的楼梯只剩下半截，落满灰尘，积累着经年的污垢，两侧的墙角满是被丢弃的纸巾、包装袋和其他垃圾。

阿宝靠着墙站下，一条长腿看似闲适地搭在墙上，他苦笑一下，突然说："凤喜，我就喜欢你现在的样子，冷艳、妩媚，不再是以前那个傻丫头了。"

凤喜呆呆地望着阿宝，忧郁的眼神中透着一股寒意。

阿宝眼神闪烁了一下，想躲，却无处可逃。他挠挠头，下定决心似的说："凤喜，我喜欢你，这你知道。可是，我种不了地，吃不了苦，回乡我就是个二流子。"

凤喜直着脖子，静默地听着，那姿态仿佛是个落难的公主，在等候着最后宣判。

"我喜欢享受，我只有留在城里才有希望。经常来找我的张太太，已经答应出钱给我顶一个铺子，让我做点小生意。你是个好姑娘，我、我配不上你。我这阵子看出来了，你不适合留在这里工作。"阿宝咽了口唾沫，艰难地说，"所以，阿财找到我，给我一点钱，我就——"

寻欢作乐后推卸责任是一般男人的天性。这是凤喜从最近的工作中悟出的道理。而阿宝留恋她的芬芳，却敬而远之。难得阿宝还有这样的自知之明，还懂得为她打算，尽管这打算也不乏自私之处，他的自制力依然令她有些微的感动和失心酸。凤喜走向阿宝，伸出手轻抚着他俊朗的脸庞。凤喜的动作并不熟练，甚至有点局促和生涩，却是如此轻柔，仿佛触摸着珍贵又易碎的瓷器。他的眼睛、他的模样是如此令人心动，她将永远把他深深镌刻在心底某个角落。

阿宝柔声说："刚才领班说，你领了工资就走吧。"

凤喜幽幽地说："阿宝，你就不能为我说句话？"

阿宝兀自说下去："阿财虽然粗鲁，总归是你的乡亲，你跟他做事不会吃亏。"

阿宝的话如重锤，击碎她心中最后一点希冀，过去曾在她心头飘忽的美丽幻影，霎时化为一缕青烟。她知道自己没有资格谴责他，他和她一样，只是城市里的一片浮萍，互相重叠在生命中的一段时光里，而终归，路归路、桥归桥。

六

对于凤喜的"浪子回头"，凤喜娘感到欢欣鼓舞。作为母亲，重男轻女的她确实希望女儿能为家庭经济带来实际的好处，然而，母亲的天性令她烦忧女儿的婚嫁。儿子留在身边养老，女儿最重要的就是嫁人生子。在老家，像凤喜这样二十郎当岁老大不小的女子都已抱上孩子，可凤喜却还像悬在空中的风筝没有着落。的确，来城里打工令

女儿暂时脱离了农村那个封闭的环境,婚恋问题变得不那么尖锐了,可实际上,城市生活似乎并没有提供更好婚嫁机会的可能。娘儿俩所处的城中村,一年到头也见不到几个光鲜靠谱的男孩子,女儿的眼光却随着打工日子的长久而水涨船高,居然连包工头阿财也看不上眼。凤喜娘不是不懂年轻人挂在嘴上的情啊爱啊,也知道女儿中意那个模样俊俏的阿宝,可那阿宝能看上凤喜?以凤喜娘的眼光,阿宝跟城市男青年一样喜欢家境殷实又有工作的城里姑娘。难得阿财不忘本,她要规劝女儿,把这个还算不错的准女婿牢牢抓住。在她看来,凤喜去帮阿财做推销,不过是迈向婚恋的第一步。

凤喜还在赌气:"我不去,我要回乡去。"

阿财没有说话,他知道,凤喜不会回去。乡村生活并非世外桃源,到处是人情来往和品头论足,尤其对于女人而言。凤喜珍惜在城里获得的自由,如今的她没有了这份自由,就没法生活。

阿财说:"我知道你心里惦着阿宝,可他不会再来找你。他找了一个有钱的富婆,正热乎着呢。你毕竟读过中学,要懂得为自己打算。我想,我会给你这个机会。你要是做得好,我提拔你做经理。"

阿财一语中的。凤喜怀有希望,也不乏一点小小的虚荣心,她渴望进步,只要有合适的机会,所以她不由自主地点头答应下来。

阿财的建筑公司是皮包式的,倒卖一切建筑有关的材料。凤喜的工作就是营销,公司给她挂了营销经理的头衔,其实整个营销部只有她一人而已。从女工到服务生到营销经理,两年时间,她完成了她的变身。然而新的身份却不容易适应。初入这行,她发觉什么都得从头学起。除了阿财偶尔会指点一二外，她几乎没有帮手和学习的对象。在车间和夜店，至少还有工友和同事可以询问示范，而在这个行当，同行都是虎视眈眈的对手。

凤喜的主业是销售建筑材料，她大部分时间都在建筑工地和卖涂料水泥管件等的建材城度过。她需要不断地去现场解决问题，客人抱怨说他们提供的涂料开裂。她上门了解后解释，每批涂料之间会有细微的差别，不可能一模一样。

客人质问说："这批涂料生产日期一样，批次一样，怎么会有区别？"

她再次解释工厂一天会出好几个批次的涂料。再说，工人刷涂的技术很重要。刷底料和涂料的间隔不能太久，否则会出问题。客人还会质疑瓷砖的质量、实木的材质和尺寸，凤喜在不断学习和实战中逐步老练。

跨越新的分水岭之后，凤喜的世界开始复杂起来，经过夜店和建筑工地的历练，她对雄性的世界不再陌生和惧怕，反而游刃有余。她不用再坐班，可以随心所欲地安排自己的工作时间；她开始有了应酬，在获得前所未有的自由的同时，她似乎也赢得了社会的些许尊重。

两年倏忽而过，从外表来看，凤喜似乎高了瘦了，却更加精干和自信，清澈如初的眼神开始散发出女性的魅力。阿财作为老板不时关心着凤喜的工作进度，而凤喜则在工作之余小心地把握着两人之间的尺度。这种关系有点像走钢丝，更像充满危险的情感对决。

只是,他是她的老板,是她的老乡,她清楚他对她的好感,她无法干干净净地撇清与他的关系,这令她感到困惑与为难。时间长了,她对阿财愈发了解。他有点小聪明,本质不坏,却没有胸襟和大智慧。他脾气暴躁,心眼狭窄,大男人主义思想严重,总以凤喜的恩人身份自居,若是凤喜对他有任何隐瞒,或是任何异性与凤喜的关系稍稍密切,他都会嫉妒。从这点上来说,阿财的气量比不上阿宝,甚至比不上凤喜。凤喜并非狂妄自大,在农民工群体中,女性往往比男性拥有更多的机会,更容易融入城市生活。乡村对男孩的期望值高,无论儿子能干与否,总要求他返乡完成传宗接代、掌管门户的责任,女儿作为家庭的附属是如此不重要,女孩在这种宽松态度中获得了更深层次的自由,正是这份自由令凤喜获得了飞速成长。

于是,阿财与凤喜之间的关系,并未随着工作的交集而密切起来,相反,时间越久,凤喜愈发感到难耐。阿财却并不以为如此,自打凤喜来公司帮忙开始,他便将此视作凤喜对两人婚姻前景的默许。他的洋洋自得令凤喜更为反感。某天应酬之后,阿财拦住了准备回家的凤喜,他抑制不住激情,热切地说:"凤喜,陪我一起去吃宵夜吧。"

凤喜害怕他酒后失控,不好应付,婉拒道:"今天太晚了,娘还在家等我,有什么事明天再说。"

阿财做出一副可怜相,说:"凤喜,难道你不知道我对你的心意?你干吗总是拒绝我?"

凤喜没有停住脚步,边走边说:"要是回去晚了,娘又该骂我。"

阿财一个箭步冲上前，一把拉回凤喜，朗声道："这好办，接上你老娘，商量一下咱们的事，争取今年春节回家把事办了。"

凤喜惊讶地望着他："什么事？"

阿财嬉皮笑脸："你害什么臊？咱们农村人，不讲究那些没用的。你放心，我已经在城里买下房子，一定会风风光光把你娶进门。你要不放心你老娘，可以接过来跟我们一起住。"

凤喜哭笑不得："阿财，你喝多了，该醒醒酒了。"

阿财说："我没醉。凤喜你放心，我阿财在城里混了这么多年，什么没见过，我不会在乎你以前那些花花事。"

凤喜惊怒交加："阿财，你怎么血口喷人呢？我现在告诉你，我不喜欢你，也不会嫁给你。"

阿财装了半天，见凤喜不为所动，便恶狠狠地道："你装什么贞洁烈女，在那种地方工作过，有几个是干净的，还有，你跟那个阿宝的事，我都不计较，你还跟我来劲！我告诉你，你要是识相，婚后好好服侍我，再给我生个儿子，我既往不咎！要是你还像现在这样，当心我连工资都不发给你。"

"你也不想想自己是什么东西，要钱没钱，要学历没学历，要不是我收留你，你带着你老娘去讨饭——"阿财还在骂骂咧咧，粗豪高昂的嗓音招来不少路人的观望。

凤喜冷眼看着阿财，一种不知所措的感伤和羞愤令她垂下眼皮，紧盯着自己的脚尖。她的心像被细丝牵扯，生生地疼痛着，她明知自己在遭遇侮辱和歧视，却无可奈何。此刻，与其说她恨他，倒不如说，

她在阿财肆无忌惮的谩骂里,第一次将自己的现状看得如此清晰。她离开故土,辗转在城市的每个角落,像不甘的蚂蚁努力为自己寻找一个栖身的角落。她一直以为自己的头顶是无垠的天空,其实在她的脚下,不过是辽阔的茫然。

凤喜最终辞去了这个人人羡慕的工作。博弈般斗智斗勇的谈判,表面光鲜内里朝不保夕的身份,翻脸比翻书还快的阿财,这一切组成的那个世界她玩不转也看不懂。她干脆重操旧业,回到工厂。这是她熟悉的世界,她无需再心惊胆战,只需踏踏实实做好手中的工作。待到下班,倒头就睡。她在梦中重温梦想与爱情,重温过往最铭心刻骨的记忆。别了,她最初和最后的"爱情"。她仿佛被创伤腌透,麻木和凄惶注满整个身体,灵魂与血肉彻底枯竭。她常常在夜半醒来,辗转到天明。在这样的混沌中,凤喜意外地接到了阿宝的电话。令凤喜更加意外的是,电话里,阿宝的声音惶惶不安、抖抖索索,不再似从前那般自信而富有磁性。阿宝说:"凤喜,我遇到麻烦了。"还没等他说完,电话就被人抢走,一个粗豪的男声说:"你朋友骗了我们大姐的钱,现在你赶紧把钱送过来,否则我们就把他大卸八块。"凤喜莫名其妙,一头雾水,她不知道阿宝到底冒犯了哪路神仙,可她历经挫折的心并没有慌张,她知道自己一定会搭救阿宝,且不惜任何代价。她听到自己淡定而平静地说:"麻烦你请阿宝听电话,我要问个明白。"三言两语间,凤喜就知道了事情的大概,原来阿宝在接受张太太资助的同时,还与其他有钱的姐姐妹妹牵扯不清,张太太一怒之下找人追回资助阿宝的二十万。阿宝哭哭啼啼地说:

"张太太说了,如果不给钱,就要我的命。"说完又惨叫一声,估计又挨了打。凤喜心痛地大叫道:"别,别打他,你们带他来找我拿钱。"凤喜想起这几年自己吃辛吃苦存下的十万元,她知道这点钱不够给阿宝还债,但至少能帮他解燃眉之急。可她再清楚不过,这点钱是她日后生活的资本,失去容易,再赚好难。

几个陌生人押着瘫软成毛毛虫的阿宝找到了凤喜的住处。凤喜娘早被凤喜支走,否则这阵仗非把她吓出毛病不可。小屋的门被"砰"地踹开,一行人一拥而入,空间霎时变得局促起来。

凤喜把十万元扔在桌上,说:"把钱带走,把阿宝留下。"那架势,活像电视里行走江湖行侠仗义的女侠。

为首的大汉捡起钞票,数了数,讪笑着说:"这数目不够吧?"

销售建材练就了凤喜讨价还价的口才,她面不改色地说:"我只有这十万,多了没有。你回去对张太太说,做生意本来就有赚有赔,她不缺钱,不过为了出口气,还是得饶人处且饶人吧。好歹,阿宝跟她好过一场。阿宝已经挨了打,记住了教训,你们拿钱走人,别把事情做得太绝了。"

"嘿嘿!"大汉仰天长笑,"人不大,口气不小,要是我们不肯放人呢?"

凤喜看看手机说:"你们来之前,我已经报了警,警察应该马上就到。你们的行为应该构成了非法拘禁罪,你掂量掂量,自己看着办吧。"

对方没料到凤喜有这一手,瞬间被镇住了,面面相觑一番后,

为首的那个努努嘴,示意放了阿宝。临走时,他撂下一句:"美女,你有种!咱们后会有期。"

这个称呼令凤喜怔忪半晌,她扭过头,细细打量镜中的自己。打工岁月把她的珍贵韶华剥蚀得所剩无几,镜中人似乎再也不见妙龄美女的风姿和美貌,倒是一个干瘦女人呆呆地与她对视。

脱难后的阿宝千恩万谢,凤喜却说自己心甘情愿,为喜欢的人就该不惜一切。可阿宝这件事依然令她深受刺激——改变命运的道路如此艰难,稍有不慎,行差踏错就有可能坠入深渊。她再三审视自己的处境,深感危机重重。青春易逝,她不能再靠出卖蛮力面对新的生活。若是没有一技之长,年纪大了依靠什么生存?男人?那是最最不可靠的东西。凤喜开始后悔当年年少无知的自己轻易放弃了改变命运的机会,眼下她要从头开始,虽千难万难,却矢志不渝。她报名参加了英语和电脑培训班,她将所有业余时间都花在读书看报上。厂里所有的讲座,她一期不落。她抓住机会询问老师各种问题,即便遭到工友和他人的嗤笑。很快,她被提拔为拉长,又被提拔为组长。一年以后,表现出色的凤喜如愿以偿地离开车间,得到了梦寐以求的办公室文员工作。

凤喜以为,适应全新的环境对她而言并非难事,况且如今,单从外表来看,她已然脱胎换骨。她枯瘦的脸颊又恢复了饱满,微微泛着象牙色的光泽;她的眼神内敛而自信,偶尔流露出一丝深沉;她的服饰知性、发型时尚,举手投足克制而优雅,再不复女工的模样。然而,随着时间的推移,她逐渐认清了自己的处境。她资历浅又年轻，同事们总是想方设法将手中的工作推给她来接手，若是工作上出什么差错，也总让凤喜来承担，她不能表现出丝毫不满，否则就会被大家指责、孤立。从前在车间，女工甚多，尽管有各种不愉快，却总有交流和帮衬，而如今一整天待在办公室，与寥寥几个同事大眼瞪小眼，习惯自由的凤喜仿佛是套上了枷锁的困兽。若仅是如此，倒还好说，比这更难应付的，是新同事对待凤喜的微妙态度。

"美女，你命真好。居然能从车间调到办公室。"坐在凤喜对面的中年女同事经常如是说。开头凤喜不以为意，听得多了，渐渐品出对方的言下之意——像她这样的女工居然能够有如是升迁的机会，不外乎占着年轻美丽的优势，或者做了额外的付出。其他同事的态度大同小异，他们表面的礼数做得滴水不漏，彼此却总是交换着含蓄又意味深长的眼神，常常背着凤喜窃窃私语，悄悄唤她为"农民工"。黄昏是一天的分界线，新同事们纷纷打道回府或是相约娱乐，可从不会叫上凤喜。工作环境的改变，并未让凤喜获得更多的尊重，反而将她置于更为孤独无助的境地，她却无力改善或反抗，因为新工作令她逐渐明了了自己的短板。从表面上看，她是女工中的佼佼者，文员工作对她而言毫不费力，然而，事实上，这其中的跨越并不仅仅是阶层之分，更多的是体力到脑力劳动的质变。凤喜父母那辈打工者的终极梦想是赚到大钱，然后回乡盖房养老。而凤喜已然改变，她计划融入城市，并且在事业上有所发展。眼下，决定凤喜身处白领阶层最底层的，并非是她曾经的女工身份，而是她在文化和专业知识上的缺失。因此凤喜竭尽全力也只能在办公室打杂，无法胜任

更专业更高级的工作。即便她已是办公室的一员，即便她在外观上与新同事们毫无区别，却依然摆脱不了"农民工"的标签。如今，凤喜表面上继续勤勉工作，可暗地里，她已开始盘算，如何才能提升自己。这些想法，凤喜从没有和任何人交流过，她的工友们还在楼下车间里，操着各地方言做着简单劳动，周末可以休息和看电视是她们最大的享受。凤喜神色如常地与曾经的工友们打着招呼，擦身而过，心底却有一股暗火在熊熊燃烧。她明白，她无法抹去身份印记，亦无法改变不公正的偏见，但整个城市为女工提供的一切便利和机遇，将令她脱胎换骨、更为出色。不久，工厂派她负责招工。因为严重缺工，女工的招工年龄，从之前的十七到二十四岁，放宽到三十五岁。三十五岁，凤喜计算着自己的年龄，这张招工启事意味着，十多年后，她连进厂打工的资格都不再具备。虽然残酷，可这就是现实。

凤喜很快离开了工厂。她把老娘送回乡下，用新的积蓄报名参加了脱产培训班，为期两年。培训班可以帮助她读完成人高中，继而以同等学力参加高考。当凤喜娘听说女儿辞工去读书，照例想捶胸顿足阻止一番，可当她看到女儿褪去了婴儿肥的面孔上坚毅淡然的表情，还是轻轻掩住了嘴。

离别这天，不少工友来送凤喜。凤喜隔着大门向她们挥手，这个充满仪式感的动作令她预感到自己再也不会回来。

她并没有高人一等的智慧，她只是不断地向前闯荡，不愿再轻易地为谁停留。假若明天，她的道路可以由自己全权掌控，那她的心中或许会更多一分底气。公车载着凤喜穿过汽车和高楼的洪流，穿过曾令她惊叹的工厂和城中村，她的唇角荡漾出微微的笑容。她不再心心念念改名，她愿意保留富有乡土气息的名字作为过往的纪念，因为她终于融入了城市，她正如同这座城市需要不断提升和扩张，为此她愿意付出任何代价。此刻，凤喜欣喜又痛苦：她无所依傍，打工岁月中为数不多的人生经验是她唯一的积累。不过，凤喜相信，她面对的世界是崭新的，富有希望和朝气。她愿意轻装上阵，站上新的起点，重新书写自己的人生。

误 会

误 会

"丁零……"下午两点整,一手扶着帽子、一手整理着工装的兰草几乎踩着铃声奔进二车间,回到自己的座位,迅速坐下干活儿。

"又是她!"主管阿元心想,不由得皱了皱眉。

三五天前,几个本厂的青年工人在业余时间从事"黄牛"买卖,私自倒卖各种票据,被警察抓了个现行。当地派出所把厂长叫去好一顿教育。为此,厂里紧急召开中层干部会议,三令五申要求加强对工人的管理。散会后,二车间主任找了本车间几个主管谈话,要求他们密切注意工人们的动态,防患于未然,以保护工人人身安全、维护工厂生产秩序。

这家工厂几乎是女性的世界,男工少之又少。来自农村的男工阿元读过高中,知书达理又技术出众,工作态度积极,很快受到了车间主任的赏识,被提拔为主管,同时兼任着厂里的工会副主席。待众人散去之后,阿元犹豫了一下,向车间主任汇报了一个"重要"

情况：本车间的年轻女工兰草经常利用中午一小时的休息时间跑到厂外，去向不明。

流水线上的工作枯燥又繁重，每天中午一点至两点这一个小时间，对于活泼好动的妙龄女工们来说，可是难得的休闲时光。她们或抓紧时间回宿舍午睡，或扎堆聊天，或结伴去厂里的小卖部购物，而那少数的男工更是分秒必争，要么找女工套近乎，要么相聚操场打一场篮球。

其实，对于兰草的状况，阿元关注已久。每当天气晴好的下午，兰草便有点坐立不安，只待歇工的铃声一响便飞奔出工厂，不知去向。不过，上工时她又会准时出现，只是常常汗流浃背、气喘吁吁。

兰草长得娇小甜美，不少男工争相向她献殷勤，可她从来不为所动。说实话，为此阿元对她不乏好感，这也是他刚才犹豫是否向主任汇报的原因。不过，对工厂的忠诚最终还是占了上风。

在二车间主任印象里，兰草性格内向、举止沉稳，从来都不是个招蜂引蝶、轻浮不羁的女孩。可阿元的汇报，引起了主任的警觉。这家工厂位于大城市中心，厂外灯红酒绿、环境复杂。女工们的年龄在十七岁与二十四岁之间，不少姑娘刚刚脱离农村充满管束的家庭。作为过来人，主任知道，这群女孩子个头貌似成人，实际上心智发育远远落后于生理，万一出现状况，后果不堪设想。想到这里，主任要求阿元密切关注兰草的去向，摸清情况，随时汇报。

阿元有几分福尔摩斯情结，业余时间爱看推理书，从书里学了一些侦破技巧，难得逮到个当侦探的机会，又是去"跟踪"自己心仪的女孩子，不由得摩拳擦掌、跃跃欲试，喜滋滋地领命而去。

为了成功完成任务,阿元事先做了一番"周密"的准备。这天,午休铃声一响,阿元便溜到厂门口,飞速脱掉工服,掏出事先准备好的鸭舌帽戴在头上,悄悄埋伏在工厂门口,猫着腰、紧捏拳头,眼睛一眨不眨地盯着大门。

几分钟后,兰草果然出现了。她甚至来不及摘下帽子脱下工服,便一阵风似的蹿出厂门。阿元立刻紧随其后,进入"跟踪"状态。不知是平时忙着工作缺乏锻炼,还是神经高度紧张引起的体力不支,才跑了几百米,阿元便眼冒金星、气短心慌,完全跟不上趟,只得停下歇息。这下可好,才一眨眼工夫,兰草便脱离了他的视线,全然不见了踪影。

"出师不利!"阿元懊恼不已,他伸头四下张望,企图从兰草离去的方向找出些蛛丝马迹。不远处,一排门脸很小的超市、化妆品店、服装店正起劲地播放着流行歌曲,可怎么看兰草也不像去购物。阿元又往前跑了几步,发觉前头的美容院和饭店也不少。唉,目标这么多,完全没有方向。阿元急得在原地直跳脚。不过他并不灰心,而是总结经验教训,再接再厉。

"凡事预则立,不预则废",接下去两周,阿元每天早起。绕着工厂进行长跑,风雨无阻。锻炼了一阵子,他自问脚力有了长足进步,料想追上兰草不成问题。可正待他验证,却不巧接连下了几天雨,上班时间兰草一直乖乖待在车间里,没有外出。阿元在干活儿的间隙仔细观察她的表情,发觉她干起活儿来专注而投入,神态也非常自然,全然不像有什么隐衷。接受"跟踪"任务已经好几个礼拜,"案情"却毫无进展,阿元不由得有点沮丧。

幸好,天气很快放晴了,阿元精神大振。他估摸着兰草一定会"伺机而动",于是每天都全副武装——在工装下面换上运动服,脚上套着球鞋,一到午休便早早躲藏到工厂传达室的门背后。

啊!这一天,目标终于出现。眼看兰草轻盈的身影从不远处奔来,阿元屏住呼吸,脑门却不听使唤地使劲出汗,只听到自己的心脏在怦怦乱跳。

待兰草跑出厂门,阿元一个箭步,紧跟其后。这次,他比之前更加细心谨慎,随时随地寻找掩体隐蔽自己,防止"暴露"。

兰草对此毫无觉察,她七拐八拐,跑进了一条小巷。阿元吸了口气,赶紧加快脚步。嘿,巷子里的高级饭店真不少。来来往往的都是衣着光鲜、珠光宝气的款爷富婆。他们纷纷侧目,好奇中不乏鄙夷地打量着阿元这个神情严肃、呼哧哼哧跑步的大"侦探"。

阿元显得有点难堪,但想起自己的使命,不由骄傲地挺了挺胸,回瞪那些含义不明的目光。同时,他心中的疑惑更甚。难道兰草赶来这里兼职洗盘子?不会不会,就工作那么一丁点儿时间,哪个饭店会雇用她?那她来做什么?难不成……望着饭店外头一溜儿的豪车,阿元感到自己的心逐渐沉了下去。难不成她是那种女孩?跟大老板吃饭约会来了?真够争分夺秒的!看来自己对兰草是看走了眼。阿元愤愤地想:哼!看我不抓你个现行!

可是备受怀疑的兰草并没有停步,小鹿般继续向前。拐了"九曲十八弯",眼看兰草消失在一个黑黢黢的门洞里,胡思乱想着的

阿元才停下脚步，抹了把汗，喘了口气。还好！没跟丢。

这似乎是一条被都市遗忘的小巷，处处都是青苔留下的斑驳痕迹。在华丽气派的高楼大厦包围下，唯有这个地方马蜂窝似的布满了低矮的门洞，里面通常居住着恋旧和行动不便的老人们。

阿元好奇心大起：兰草到这儿来做什么？

从阳光中走进黑魆魆的门洞，眼睛无法骤然适应，阿元凭着直觉慢慢通过伸手不见五指的狭窄过道。过道两侧堆满了有些年头的杂物，不时勾住他的衣物。他灵巧地躲避着障碍物，一拐弯，循着一线光亮走到过道尽头一扇未关严的木门前。木门对面的墙上开了一个小小的气窗，阿元心急慌忙地凑上前，扒着窗棂瞪大眼，向里头张望。借着微弱的光线，阿元看到兰草正吃力地将一个面容苍老、衣衫褴褛的老婆婆抱起，轻轻在放在一张由两摞方砖、一块木板搭起来的简易床上。

这是唱得哪出？无数的问号在阿元脑海里盘旋，他设想了无数种可能，却唯独没有料到是眼下的局面。一不留神，阿元一脚踏空，跌进门里，腾挪之间碰撞到门口家什，乒乓声不断。

"谁？"兰草警觉地循声转头望去，"啊？是主管！"

阿元的突然出现，令兰草大吃一惊。她见阿元识破了他的秘密，脸一下子红到了脖子根。

糟糕，还是暴露了！阿元一阵懊恼，只好硬着头皮走进屋里，他高高大大的身体令狭小的空间更显局促。

老婆婆努力用手肘支起身体，问道："兰草，他是？"

"妈妈，他是我车间里的主管。"兰草有几分不安。

"主管啊？快请坐！兰草，还不拿把椅子来！请坐，请坐。"老婆婆忙不迭地说。

"不用，不用！"阿元尴尬地连连摆手，见兰草和老人不解地望着自己，阿元只好说明来意，"阿姨，这不前几天工人刚出了点事。我见兰草每天下午跑出工厂，还以为她——我就报告了车间主任。主任不放心，让我来看看，所以，所以……"阿元偷偷看了一眼兰草的脸色，嗫嚅着说不下去了。

"唉！"老婆婆一声长叹，"是我拖累了这孩子。兰草可是个好孩子，你们不许误会她。"

"妈妈，您千万别这么说！这都是我心甘情愿的。"

"这、这到底是怎么回事？"阿元困惑地望着这对奇怪的"母女"。

兰草扶着老婆婆坐好，把堆在墙角的破被子给她盖上，细心地掖了掖，防止漏风，又把枕头靠在老婆婆背后。

老婆婆舒服地半躺好，才缓缓道："其实我不是兰草的亲妈，而是她婆婆。"

"啊？"阿元半张着嘴，里头能塞进整个鸡蛋。他瞬间觉察到自己的失态，急忙收敛惊异的神情，却无论如何也无法平静如初。

老婆婆微微一笑，继续说："我是个寡妇，一个人把儿子拉扯大，又给他娶了兰草这房好媳妇，还以为从此可以享清福了。谁知道小两口成亲还不到一年，进城打工的儿子出车祸走了，留下我一个孤老婆子在世上。老太婆老了，可兰草这孩子还年轻，总不能让她跟

我一样守一辈子寡。我劝她再嫁人,可她就是不肯,非要守着我这个没法走路的孤老婆子白白熬着日子。"

老婆婆使劲捶捶自己的腿,哀伤地说:"我这是老风湿了,早就没法走路。医生说,每天都得坐着轮椅出去晒晒太阳,否则我的腿就再也没有康复的可能。可我们娘儿俩哪来的钱买轮椅?我只好在家里待着。老婆子没法干活儿,兰草一个人干活儿养我,我们这条件只租得起这样的小屋。这里低矮阴暗,四周又有高楼遮挡,根本没地方晒太阳。还是兰草这孩子聪明,她发现每天中午之后,太阳西斜时,总会有一缕阳光,穿过高楼之间的缝隙和窗棂,照进小屋。于是,每当晴天的下午,就是你们厂的午休时间,她便飞奔回家,把我抱进阳光里晒着,然后再奔回工厂上班。"说到此处,老婆婆有点哽咽,兰草赶紧给她倒了杯水,又帮她捶了捶背。

看得出来,老婆婆的话勾起了兰草的愁肠,她避着阿元的视线,红着眼睛劝导:"妈,跟外人说这些干什么?"

阿元恍然大悟,心中生出无数惭愧:"兰草,你怎么不早说呢?"

"做人要有担当,自己的事情要自己扛。再说,我也不想打扰工友,大家都活得不容易。"兰草抹抹眼角的泪珠,"我跟我爱人关系特别好,他临死前叫我把婆婆送回老家,然后自己改嫁。婆婆也劝过我好多次。可是,婆婆在乡下已经没有亲人,我要是改嫁,谁来照顾她?有我兰草一天,婆婆就是我亲妈,我就得照顾她。"

说话间,日影开始缓缓西斜。"来了!来了!"兰草忽然发出一阵欢叫。果然,一道金色的阳光透过狭窄的气窗照进了小屋,驱走了黑暗和潮湿,老婆婆整个人都显得亮堂起来。

回到工厂,心情复杂的阿元一五一十向车间主任报告了兰草的情况,还做了检讨:"主任,是我错了,谎报军情,冤枉了兰草。"

主任笑着拍拍阿元的肩膀说:"我们的大侦探查出了真相,也算将功补过。既然没事,那就最好了。以后,车间的状况你要继续留意啊。"

尽管主任没有批评阿元,阿元的心却始终无法释怀,兰草倔强的表情、老婆婆眼里的泪花、黑魆魆的小屋、那缕金色的阳光——不断在他眼前闪回。工作之余,阿元的眼睛总会不由自主地溜到兰草的方向,瞥一眼,又火烧火燎似的移开,仿佛魔怔了一般。兰草却依然如故,天气晴好的下午,她照例奔跑于工厂和小屋之间,若是偶尔遇上阿元探寻的眼神,她便坦然一笑,那笑意令阿元心中生出复杂的情愫。第二天,阿元向车间主任请了一个月的假,说是老家有事,他必须回去。

一个月后的一个礼拜天,阿元出现在兰草家的小屋门口。

"阿元,你回来啦?"出门晾衣服的兰草发现了踌躇着的阿元,惊喜地招呼道。

阿元正愁不知如何开口,一见兰草,忽然福至心灵,计上心来。他满面堆笑,走近兰草,掏出一叠崭新的钞票,放在她手心,堂而皇之地说:"兰草,事情这样的。我回乡之前,向厂里的工会说明了你的困难,为你申请补助给你婆婆买轮椅。昨天我探亲回来,厂里的领导通知我,说是工会鉴于你家的困难,决定赞助你一笔经费,

给你婆婆买一架新轮椅。这不,我把钱给你带来了。"

兰草没有说话,表情瞬间变得有些怪异。

阿元不由大为紧张,莫非他偷偷去工地搬砖挣钱这一个月中,出了什么事?他一把抓住兰草的肩膀,大声问道:"你婆婆怎么样啦?你千万别慌,只管告诉我,我来帮你解决。"

兰草嘴唇翕动了一下,眼里蒙上了一层泪光。

阿元脑中嗡地一声,心缩成了一团:"兰草,你说话啊!不管有什么难关,我都愿意陪你。你还看不出来吗?我我……我……"他结结巴巴、语无伦次,眼看兰草还是全无反应,心中瞬间涌出不祥的预感。他放开兰草,拔腿向屋里冲去。

"小伙子,你好啊!"老婆婆熟悉的声音在阿元耳边响起。他目瞪口呆地站在原地,坐着新轮椅出门的老婆婆正向他报以和蔼的笑容。

原来,阿元向车间主任汇报后,兰草独自赡养瘫痪婆婆的事迹传遍了全厂,工友们听后大为感动,纷纷捐款。工会补助了一笔专项经费,加上捐款,为兰草的婆婆购买一辆崭新的轮椅。而这一切,偷偷在工地搬砖筹款的阿元一无所知。

"我,我——"阿元盯着自己的脚尖,恨不能钻入地缝之中。兰草却轻轻走上前,主动挽住了他的手臂。

又是一个艳阳天,阿元陪着兰草,一起推着轮椅上的婆婆走出家门。绚烂而温暖的阳光里,阿元看见兰草和婆婆眼中闪动的泪光,晶莹剔透、熠熠生辉。

(原载于《雨花》杂志)

梦之咒

梦之咒

人们总以为凯奇对电影必然有深刻的解读,事实上每天放映电影的他对电影艺术的见解实在乏善可陈,尽管他干这行时日已然不短。他仅是个冷眼旁观者,透过放映室的观察孔观望影院里每天上映的起起伏伏的剧情,来来往往的观众,那些或悲或喜的梦幻和情怀。有些观众的眼睛自始至终盯着泛着蓝色荧光的缤纷莫测的大银幕,敏感多情的心们在离合悲欢的曲折故事中揉搓摔打,他们最终带着迷蒙的眼神和满足的心情恋恋不舍地离去。也有不少人因为各种原因始终游离在剧情之外,从头到尾或喋喋不休,或愤愤不平,或心不在焉,在片尾曲奏响、大幕合上后,不得不起身随着人群涌出大门,结束银幕内外或深或浅的期待。

这家"寄居"在大型商场的电影院很小,人手不多。老板要求凯奇在每天下班之后,帮着前台的丽莎盘点收益,同时统计一下每天哪些电影最为卖座,借此调整影片的上映次数和档期。那些不受欢迎的电影,仿佛被整个世界遗弃的人,除了减少上映次数,还会被排到深夜或者上午,以便将黄金时间让给更易"吸金"的电影。凯奇不喜欢帮助丽莎,因为这耽误他自己的工作——除了放映电影,放映室的清洁工作也由他来完成。午夜场播完后,凯奇就得开始打扫。为了节约成本,放映室照例很狭小。凯奇小心翼翼地握着掸子和抹布,避免做卫生工作时碰坏室内珍贵的机器。不在工作状态的机器闭上了那只闪着光的眼睛,全身泛着幽暗的微光。观察孔外的放映室漆黑而寂静,唯有他手中的清洁用具发出沙沙的响动,仿佛旷野中凄厉的风声——独自置身于午夜的放映室,凯奇的心仿佛被一根细细的丝线勒住,克制不住轻微的战栗和恐惧。

不过,凯奇对放映室并不反感,相反,他是如此喜欢,甚至痴迷于这个幽蓝的、密闭的、只有他单独存在的空间。他并不像其他同事那样,在午夜场结束之后,偷偷放映几部自己喜欢的电影独自欣赏,他只爱享受这份与机器共处的,带着微微惊惧的,属于自己的宁静。他从未告诉过任何人,这才是他到此工作的理由。

来影院工作之前,凯奇也曾与当时的女友一起来到这类成年人的造梦空间消磨时光。几十元的代价,换来两张与女友亲密相处的门票——湿漉漉的掌心、蜻蜓点水似的亲吻、电光火石般的心动,接着便陷入静默的黑暗,唯有彼此的鼻息咫尺天涯,充满梦境般的

不真实感。看电影似乎是恋爱的必要程序,他记忆中为数不多的女友都曾提出过看电影的要求。即便看电影的过程是形式大于内容——她们的嘴巴总在一刻不停地蠕动,可她们那涂着美丽眼影和胭脂唇彩的娇嫩面孔,总会随着剧情的转换而展现出真实又微妙的可爱表情。然而,那些电影如同那些女孩们,并未给凯奇留下刻骨铭心的印象。当电影散场,双方互道"晚安"回家之后,被浓浓困意萦绕的凯奇对着镜子刷牙洗脸时,往往已经记不起电影的情节或是女孩的长相。时光流转,伴着建筑工地的吆喝声、车间里机器的轰鸣、油迹斑斑的修车厂、烟熏火燎的酒店后厨房,还有深夜出租屋窗外忧郁的白月光,凯奇十八岁到二十一岁的时光倏忽而过。他时而赚到一点钱,给家里寄去一些,却不知何时又会两手空空。他搬过几次家,以至于午夜梦回时,常常忘记自己究竟身在何处。他丢失过两部手机,里头有他新旧朋友包括女友的微信和电话,这意味着,他可能与他们永远失去了联系。可凯奇认为,生活其实并不糟糕,即便再依依不舍,他与她们也终将劳燕分飞。凯奇从未费心去打听她们或是他们的消息。离散,是他青春的底色和宿命;离散,也是这个城市最正常不过的情节——尤其,对他这样的浮萍而言。

二十二岁那年夏天,凯奇在一家大型超市做促销员,每天面对主妇们喋喋不休的追问,他不胜其烦。不过,灵活的上班时间,令他有充分的空闲带着在超市做暑期工的学生妹妹出去约会。柏油马路被烤得冒烟,丝毫没有影响凯奇玩乐的心情。他和新女友招了滴滴快车,打算去新开的商场。他本想去看电影,可女友说那楼上有电动玩具城。刚上车那会儿，司机沉默不语地听着凯奇和女友的打情骂俏，直到快到目的地，司机终于忍不住问："你是不是凯奇？"凯奇有点犯愣。司机自我介绍，说跟凯奇在一个工地上工作过。

"工地？"

"对啊。你不记得了？咱们哥儿几个晚上闲得慌，还一起去看过社区放映的露天电影，讲捉妖怪的。那妖怪还挺萌，逗得咱笑得不行不行的。"

司机正努力为渐行渐远的往事寻找着坐标。

怔忪中的凯奇漂浮在时光的洪流中起起伏伏。他从未想过，浮皮潦草看过的电影居然以这种方式成为了过往生活的标注。安全网、起吊机、水泥、黄沙、烈日，磨破的手掌和膝盖、起泡的脚底和脸颊——逐渐冷却的往昔记忆随着滚滚热浪翻涌而来。

司机问："还记得阿进吗？工地上开吊车那个。"

"阿进？"开吊车是好差事，是老板的亲戚才能干的活儿。凯奇眯起眼睛望向车窗外的日头，那个时候，当小工的凯奇觉得自己与阿进的距离，就像现在的他离太阳那么遥远。

司机继续喋喋不休："阿进死了。"

"什么时候？"车里的空调开得凉丝丝的，凯奇忍不住打了个寒噤。

"上个月。嗯，就是那个打离婚的大明星王啥主演的电影上映那会儿。我们几个旧工友联系不到你，就兀自去拜了拜他。总算是同事一场。"

"为什么?"凯奇晕晕乎乎,他没有问出口的问题被女友抢先问了。

"嘿嘿,老板走了,阿进只能干别的。他年纪大了,干活儿不专心。工地上的活儿,怎么可以分神?一分神,就完了。阿进死后,我们都不敢在工地干了。有的工友去快餐店端盘子,有的去做保安了。我会开车,就干起了这个。唉,我们这些没有一技之长的人,只能混混日子。看样子你混得还不错?"

"嗯,嗯,嗯。"凯奇敷衍着。他神色如常地付了钱,搂着女友去了商场电玩城。里头充斥着特有的噪音——游戏机的电子音乐和小屁孩儿们的嚎叫。年轻的女友看到跳舞机就像打了鸡血,马上跟着银幕上的幻影,跳踢踏舞一般来回扭动蹦跳。她边玩边喊,十分投入,机器差点随之摇摆起来。她身边围着几个打扮得奇形怪状的杀马特小子,吹着口哨打着节拍,似乎跃跃欲试。

凯奇努力集中精力欣赏女友的舞姿,目光却始终无法聚焦。她的身影模糊而遥远,渐渐与往事重叠,亦真亦幻,莫测难辨。那些曾经在他打工生涯中出现的人,如今流落在何方?回乡种地,还是结婚生子?抑或是如同一滴水彻底融入城市的洋流。他不需探寻,亦能凭着想象,为他们有限的命运绘制一张图谱。眼前这个女孩,无论盛放或凋零,也终将如同他们一般远去。即便彼此的心灵和情感有过交集,也不得不重新启程,不断追逐、不断寻找新的寄托、新的慰藉。即使赢得片刻安稳,也难免不安地凝望远方,随时准备迎接新的变化。而没有电影作为坐标的她,又将以怎样的方式在他的记忆中打下印痕？

凯奇深吸了几口气，纷乱的心绪无措而茫然。他忽然意识到自己不适宜继续在此地久留，随即晃晃悠悠地向电梯走去。商场层数太多，他漫无目的地顺着扶梯向下走去。六楼电梯口竖着成片的大幅电影海报，灯箱广告在后头闪烁不停，爆米花的气味飘满整个楼层。一个小孩拿着把玩具宝剑，试图戳破悬挂在影院大厅里的彩色气球。在前台工作的女孩顾不上卖票，惊慌失措地跑出来阻止。那个女孩就是丽莎。

仿佛听到什么召唤，如入无人之境的凯奇走了过去。他穿过挤眉弄眼的灯箱、花枝招展的海报，绕过目瞪口呆的丽莎、调皮捣蛋的孩子、鱼贯入场的观众和多米诺骨牌似的座椅，站到了放映机前。大银幕上的电影世界永远神秘、遥远而疏离，凌驾在普通人的世界之上，空灵明净。凯奇失魂落魄的心仿佛被灵光穿过，迷茫混乱纷纷溃散：那些关于时光、关于爱情、关于红尘的光影传奇，不过是随波逐流的观众的一种寄情、一个梦境。明知任谁也无法摆脱命运的魔咒，然而漂泊、离别之后，生活依然需要继续，无处寄托的幻想、激情和脆弱需要承载，电影由此应运而生。它是人们心灵的麻醉剂，是入梦的咒语。

然而，一旦失去了鲜活的本质，电影便需要愈加复杂的戏剧冲突，愈发难以厘清的情感纠葛，更加华美空洞的恋爱模式来填补心灵的缺位。忘记过去却无法把握未来，唯有抓住现在，即使人已远、爱已不再，即使刹那静好中酝酿着新的动荡，银幕中的世界依然莺

歌燕舞、精彩纷呈。

　　放映机默默不语，它那只幽蓝的眼睛似乎有洞穿一切的神力，人们为它悲伤为它狂喜，为它沮丧为它欢腾，而它却如神祇般高高在上、不悲不喜、不怒不嗔地俯视着众生。凯奇的心狂跳起来，热血涌上大脑，前所未有的激情几乎将他击溃。他注视着它那幽蓝的眼神，冰冷而凛冽的光束变幻无常，可他知道它记得他，记得他的去与留，记得他的笑与泪，记得他的坚硬和柔软，记得他为了抵抗孤寂和无助，为了融入这钢筋水泥森林所做的一切努力。而从现在开始，他决定留在它身边，不再挣扎、不再追问、不再期许，不必理会开场与谢幕，不必在意欢呼与冷落。他只需要与它一样，用那只勘破所有虚虚实实、云遮雾绕的梦境的慧眼静静地凝望着世界。开机时轻微的噪声、播映时嘶嘶的电流声、或婉约或激昂的配乐声、明星的起落、票房的高低、周遭的冷暖、工友际遇还有那微茫而无出路的爱情——外界的所有都已退远，宇宙洪荒中唯有他与它。他知道，它一直在等待他的到来。

　　"我来了。"凯奇喃喃地说。

（原载于《雨花》杂志）

半支烟

半支烟

一

听到枪声时,皮特正在便利店外面抽烟。露西买的皮裤和大花衬衫紧紧包裹着他结实修长的身体,鼻翼和嘴唇上的金属环们在阳光下熠熠闪烁。他腾出右手撑住车门,翘起小腿悠悠晃着,朝车窗玻璃一左一右转换脸颊,对自己的"有款有型"感到满意。作为对露西的回报,适才皮特一直强忍着烟瘾。抽烟的习惯跟随皮特从家乡到了M国,身为老烟枪的他,手指和牙齿早被熏得焦黄。露西疼惜皮特,从老爸志远手里抠来的零用钱大多给皮特买了烟。可自打露西怀了 Baby,皮特抽烟比从前克制多了。

那天气温是九十华氏度,日头不算太毒,可整个停车场赤裸裸的没有一棵绿树遮挡,超市门口的落地玻璃在阳光下尤为刺目。早上,露西坚持要皮特开车送她去唐人街的平价超市购物。汽车照例来自志远工作的修车厂,后座堆满了大减价的物品,皮特需要的香烟占绝大多数。在Z城,除唐人街外,哪里都买不到这种焦油含量高味道很冲的便宜烟草,而洋人的烟又太不过瘾。

露西在回程中抱怨,说:"爸爸闻到冲鼻的烟味又要不爽。"皮特捏捏露西怀孕后长满肥肉和孕斑的滚圆脸颊,嬉笑道:"你爸忘了他也流着中国人的血?抽了几十年M国烟就洋乎起来,忘本了?他要是敢骂我,当心我不要他女儿。"

类似的玩笑开得多了,露西并不当真,"咯咯咯"地发出胖妇人特有的气壮山河的笑声。接着她挺了挺大肚子,手指戳向皮特的额头,呼哧呼哧说:"你敢不要我,看爸爸不用那把老掉牙的钳子敲破你这颗漂亮的脑袋。"

打打闹闹中,车子下了高速公路向小镇驶去。露西忽然捧着肚子喊停车。"你要做啥?"露西说要找地方方便一下。皮特噘噘嘴:"今天都方便多少回了?"露西跺脚道:"孕妇就是这样,我快憋不住了。"不远处有个二十四小时便利店,皮特只好停车。眼看露西皮球似的身影被便利店的玻璃门吞没,皮特即刻跳出车子,掏出烟盒拯救早就痒得不行的喉咙。他没忘瞄瞄四周,查看有没有可疑人物出没,新闻报道说近来郊外便利店不太平。见四下无人,皮特吹了声口哨,放心地竖起两根手指,点燃、吸入,还没等吐出几个完整的烟圈,只听"砰"的一声闷响。

好像是枪声!冷汗顺着皮特的脊背流到大腿根,从他指缝间掉

落的半支烟不情愿地在水泥地上蹦跶着火烧火燎的身体。他下意识地想趴下隐蔽,却不知哪儿来的勇气,噌噌噌狂奔进便利店。歹徒已从后门逃走,店里一片狼藉。露西静静地躺在地上,一动不动,巨大的肚子像口倒扣的铁锅。她的表情并不狰狞,一股"番茄酱"从她脑后慢慢淌出来,腥甜的气味腻得呛人。皮特跪倒在地,弯下腰,剧烈呕吐起来。

二

  Town house 倒是宽敞,只是人少就空落得可怕。女儿露西和她男友皮特今天出门购物,留下志远独自在家。他掀开百叶窗的木片望向空无一人的庭院,听到"知了知了"的鸣叫。他想象着蝉这种在灼烧的土里受尽煎熬的小生物,伸出脚爪沿着土穴爬出洞口,幼细而战栗的黑色身体攀上树身,发出泣血般的嘶鸣。幸而隔着玻璃,那绝望的颤音有层阻隔,听来没那么心塞。志远正在考虑与皮特谈判的开场白。好不容易把女儿养到这么大,不说锦衣玉食也是竭尽全力,却不明不白被皮特搞大了肚子。他想认真问问皮特:"你究竟打算怎么办?"他本打算单独找皮特谈,可终归心虚,皮特那副杀马特少年的怪样很难与"责任"联系起来。盘算再三,志远准备等女儿回家再说。

  然而,想起皮特那副游手好闲、油盐不进的模样,志远又忍不住唉声叹气。M国并非想象中遍地黄金的天堂，志远奋斗到今天并不容易。当年，志远的父母一起从中国来到M国打拼，父亲很快另寻新欢，抛弃了志远母子。志远十六岁那年，母亲积劳成疾撒手人寰。靠唐人街邻居接济的志远一满十八岁就停学进了修车厂工作。志远为人老实，手艺不错，熟客也多，收入自然水涨船高。工作枯燥肮脏，闲时工友们常说些下流笑话解闷，志远从不搭腔，只顾拿着钳子扳手东敲西拧。工友们业余时间去泡吧去红灯区消遣，志远也从不跟去。他的日子过得寡淡，直到适婚年龄还是工友口中"纯洁的小公鸡"。或许因为体内流着中国人的血液，志远总想娶个东方女孩作妻子。身边那些红头发绿眼睛的"波斯猫"，好看是好看，性感是性感，可他实在无法想象如何与她们共同生活。后来，旧邻居给他介绍了在餐厅端盘子的小杨姑娘。小杨刚从家乡漂洋过海来到M国，小眉小眼，一笑还有个梨涡，身边人都说"纯情的她跟志远是天生一对"。志远自己也很中意，见了两次面就在大家的撺掇下跟她入了洞房。小杨的肚子很快吹气般鼓了起来，生下女儿露西后，小杨就没再出去工作。志远为了让母女俩住得舒服，掏尽积蓄在小镇上贷款买了个Town house。可小杨成天抱怨在家憋闷，又回到餐厅洗盘子，洗着洗着居然跟大厨私奔了。志远听说，大厨是M国西部的L城人。志远没去过L城，事实上，他除了自己所在的Z城，哪里都没去逛过。据说L城曾是牛仔集聚地，那里的人个个腰圆膀粗不好惹，志远不敢跑去寻妻，只好默默吞下了这杯苦酒。当然，寂寞难耐时他不是没动过梅开二度的念头，可一想传统的东方女人小杨尚且如此，

崇尚自由开放的西方女人恐怕更难招架。若是再次走入围城,想象中的愉悦或许仍然是水中月。婚姻是一场赌博,而志远再也输不起了。时间一长,志远逐渐断了私心杂念,专心把露西带大。这么多年过来,志远一直以为自己的羽翼是女儿的全部天空,可皮特的介入,令志远感觉维持原来的生活方式已经越来越勉强,尽管他仍然在全心全意地维持。

所以,志远自认为是个具有强烈传统责任感的东方男人。可皮特算什么?新新人类吗?皮特自称在家乡是个模特,骗鬼去吧!他身材模样倒是不错,可才一米七营养不良的个头,哪个正经的模特队会请他走秀?只有露西那个傻丫头会一头栽进去。自从露西在一个派对上认识了皮特,就天天跟他腻在一起,很快又把这奇形怪状的小子带回了家。据志远观察,皮特没有正当职业,平日不是在家打电脑游戏看电视,就是出去跟不知什么人鬼混。他一个老爷儿们,完全不顾M国男女平等费用AA制的惯例,不掏钱不算,还时常抱怨露西花钱小气,简直是个吃软饭的小白脸。皮特怎么不想想,他的"钱包"露西他爹花了半辈子积蓄买来自住的Town house正欠着银行的贷款,退休金也没有着落,一把老骨头还在油腻腻黑乎乎的汽修厂叮叮当当对付铁皮物件呢。家里根本没有经济实力让那混小子折腾。如今,露西已经怀孕八个月,皮特还是吊儿郎当。不行,他今天必须让皮特拿出一个明确的态度来。

至于皮特应该拿出什么态度,志远还没想好。他正筹划着措辞,窗外刺啦几声汽车轮胎摩擦地面的噪声刺破了玻璃窗。志远扭头一看，前几天汤姆先生送来修理的两厢福特车张牙舞爪地停在门口的草坪上。紧接着，一辆闪着顶灯的警车靠在门口。皮特连滚带爬地从福特车驾驶座里跌出来，原本俊秀的面孔被恐惧扭曲成变形的人皮面具。

这小子，一定犯事了。志远眯着眼睛望着跌跌撞撞的皮特和逐渐走近的警察，将刚刚想好的谈判说辞忘得一干二净。

三

皮特已不记得这是第几次来见大律师。近来他忙着对付露西去世所带来的种种不便，不知不觉已经过去一个月。这几天阴雨连绵，嘶嘶的冷雨渗进他的紧身棉质T恤，拉风的新球鞋永远总跳上一两个不守规矩的泥点。他把志远那辆二手老爷车"咣咣咣"地停在律师楼门口，从车里蹦出来，袋鼠似的跳上台阶。前台负责接待的白人女士似乎记住了皮特那张扁平的黄色面孔，递给他一个职业化的微笑："又来了？还没接受赔偿？"

皮特挂着笑容默默爆着脏话，他懂得在陌生的地盘不适宜暴露自己的真实情绪。为此，今天他特意脱了常穿的皮裤和洞洞鞋，摘掉了银光闪闪的耳环、唇环和脐环，还将火红的头发染回黑色，力求给人以稳重成熟的形象。尽管他身上的T恤球鞋不算正装，可都是名牌——露西生前买的。皮特自以为改头换面就能得到应有的尊

重,可看来这个打算落了空——大律师眼底一闪而过的轻蔑没有逃过他的眼睛。那眼神似乎是说:"嫉妒我帅吗?老子就是靠刷脸吃饭的,比你这张皱纹都能夹死苍蝇的老脸强多了。没见你拼命献殷勤的助理小姐瞧我时那张俏脸笑得像朵花吗?"

然而,待皮特在大律师桌前那张巨大的靠背椅上落座,填写起必要的手续文件时,刚刚在年轻异性面前获得的一点点成就感瞬间荡然无存。文件上的专业术语可不像口语那么好对付,二十六个的英文字母像扭动的精灵让他无所适从。这令他再次认清一个事实:女性世界里的胜者,亦不过是现实生活的 Loser。没有了露西,他所有的骄傲任性都失去了根底,像一只瘪了的皮球,暂时蹦不起来了。他对志远的怨恨突如其来:那个笨蛋老头,他才该来这里谈判!亲生女儿被劫匪枪杀了,做老爸的居然不敢出头,要他这个没有名分的男朋友抛头露面,这算什么?皮特又想:换了他是志远老婆也受不了。满身油污的老头成天一副唯唯诺诺胆小怕事的神情,根本不像个男人,倒像只断了脊梁的老狗,难怪老婆要跑掉!他在心里奚落着志远,获得了暂时的快感。

可眼下,皮特实在搞不定这叠文件,只好东张西望找人帮忙。大律师正接待一个穿金戴银的肥婆,似乎在谈她的出轨丈夫离婚后的赡养费问题,看样子帮不上忙。皮特调转脸,只见角落里的三角桌边,静坐着一个精瘦的老先生,顶着满头没有漂染过的白发,穿着过时而朴素的衣服,大概是自己的同胞。老先生那张苍老的脸被悲哀和沉重压得透不过气来,脊背却挺得笔直,保持着礼仪和尊严,他让皮特想起了自己中学时代的老师。老师总悄悄摸到教室最后一排座位,不顾皮特"哎呀哎"地叫唤,拎着他的耳朵走到第一排,逼着他交出作业。皮特咧咧嘴、摸摸耳朵,痛楚好像还在,却不禁觉得亲切。

"喂喂!"皮特用中文喊那老先生,举举手里那叠纸,"你懂不懂这个?教我填好不好?"老先生呆了一下才发觉皮特在喊他,便慢吞吞地挪过来,拿过文件读了一遍。老先生翻译得很溜,皮特根据他的指点刷刷刷填好,随即高兴地拍拍老先生的肩膀:"你是干什么的?这么神!看不出来嘛。"老先生笑笑没再说话,回到自己的座位坐好。皮特恨他不给面子,嘀嘀咕咕地说:"不理人啊,有什么了不起?"

大律师送走了肥婆回来,接腔说老先生在中国是个翻译。皮特吐吐舌头问:"他来这里干什么?"大律师头也不抬地说:"他移民本国的儿子中毒死了,警方认为在化学实验室工作的白人儿媳是凶手,可法庭判他儿媳无罪释放。"皮特奇道:"为什么?你们白人就不会犯罪?"大律师一摊手:"没人看到他儿媳亲自投毒!M国可是最讲法律最讲证据的国度。他官司输了,就来这里静坐,可我能有什么办法?"皮特听得头皮发麻,还想追问,却被大律师打断:"我还有别的 Case,先谈你的那桩。受害人的父亲同意接受赔偿了吗?"皮特将思绪收回来,强调道:"一尸两命哎,这不是钱能解决的问题。"大律师却说:"赔偿后凶手并不能脱罪,只能减轻刑罚。还有,凶手是未成年人,按我国法律他只需进感化院。"皮特大声叫起来:"这太不公平了,杀人不用偿命吗?""本州没有死刑。"

　　大律师翻翻白眼,按自己的思路继续说:"我看过现场监控,你女友本可以不死。在被持枪威胁时放下钱包,双手抱头蹲下,这才是正确的做法。"她肚子那么大,怎么蹲得下!皮特把到嘴边的话硬吞了下去,忽见静坐的老先生瞥了他一眼,顿时醒悟到:在 M 国,像他们这样的二等公民说什么都是多余,那老先生就是典型的例子。大律师操着漂亮的 M 国英语还在絮絮叨叨地说些什么,沉浸在沮丧中的皮特只听到最后一句:"下次必须将露西的父亲带来。"皮特茫然地"哦"了一声。他想起自己、志远和老先生都在这个陌生的国度失去了孩子,望向老先生的目光便多了几丝悲悯。

　　大律师打了手势,示意皮特离开。皮特刚起身,老先生突然也站起来,拿起一包东西走出门去。皮特莫名紧张起来,不知所措地指着老先生问大律师:"他怎么走了?"大律师面无表情地收起皮特填好的文件,淡淡地说:"他怎么会走?去隔壁茶水间找微波炉热他自带的便当而已……打官司已用尽了他全家的积蓄和他母国募捐的钱……"

　　皮特走出律师楼,大雨倾盆而下。他没带伞,只好用手挡住头,奔进车里已湿得像只落汤鸡。老爷车打不着火,吭哧吭哧像老头子在咳嗽,皮特气得直捶方向盘:"我一定要讨个公道!"他恶狠狠地瞪着律师事务所楼上的窗户,仿佛透明的玻璃里藏着一个仇人。完全沉浸在恨意里的他,冷不丁发现玻璃背后,老先生的两只眼睛萤火虫似的一闪一闪,正静静地望着他,他吓得停住了捶到半空的手。

四

　　当寂寞的刀锋划过无数个湿淋淋的夜晚，志远才体会到失去女儿的苦涩：房里没了露西粗野的说笑声，一股比单身岁月更浓厚的凄清感开始侵袭他。电视一直开着，志远想看就可以朝那个机器探探脸，可电视机前那条旧沙发总让他想起最爱窝在上头的露西。为远远避开这个伤心的记忆，他决定去洗手间刮胡子，刮胡子的舒适感才能让他放松下来。年轻时他常用拔猪毛的钳子对付胡子，可老婆见了总嫌他脏，他只好改用电动剃须刀，时间长了就成了习惯。"呜呜呜"，剃须刀体己地抚摸着他的下巴，酥麻的感觉令他沉醉。如今他的生活中也就剩下这些微小的享受了。对着镜子，他突然发现剃须动作很像给汽车漆面抛光，不由笑了起来，越发加大了动作幅度。

　　剃须完毕，志远眯起老花眼，仔细清理着刀头下的碎须。花白的碎屑如雪花纷纷飘落。他苦笑着摇头：他老了，而露西和外孙去了，这已经既成事实。抓凶手自有警察，宣判自有法院，后续的事跟镜子里的老头还有什么关联？作为还没正式结婚的外人，皮特有什么资格越过自己代表这个家去跟大律师谈判？皮特总是这样不拿自己当外人！露西在的时候，皮特就经常搭志远的顺风车出去玩，甚至还偷偷开走志远带回家小修的修车厂客人的车子。说好听些是他不拘小节，说难听些呢，就是没有教养。志远不知道皮特如今靠什么

生活。皮特的"钱包"——露西已经去世好久,眼下皮特日常的开销从哪里来?家里没有现金,那么皮特可能还使用着露西没注销的信用卡?或是偷露西留下的东西去卖?露西的身后事都是皮特办的,露西的东西也一向摆放得乱七八糟,志远根本搞不清楚是否丢了什么,只好寄希望于抓个现行,也好打压一下皮特的气焰。

两年前露西把皮特带回来时,志远就晓得自己压根儿没法接受这小子。皮特个头不高,可胜在腿长肩宽,打扮前卫。他有双会放电的咪咪眼,韩国男星流行的那种;鼻梁很高,像是垫过的,白皙瘦削的脸颊深深陷下去,自有股性感的味道。志远这些年从没回过家乡,无从知道是不是现在家乡的年轻人都像皮特这么开放。既然女儿喜欢,他也不好反对。志远的老板就是因为干涉女儿的恋情,结果女儿偷了家里的钱跟着个黑人私奔了。志远安慰自己:皮特虽然不靠谱,可好歹是黄皮肤的同胞吧。而皮特对志远的默认似乎并不领情,一边眨巴着小眼睛,一边用钉着唇环的嘴巴嚼着口香糖,很 M 国化的派头。志远依稀觉得皮特这副神情很熟悉,却又不记得在哪里瞧见过。

直到一天晚上,志远才恍然大悟。那天睡梦里的志远被车库里的噪声惊醒,便爬起来查看。只见车库门半开,一辆小型的集装箱车停在门外,车厢里伸出一根黄色的胶皮管通向车库。地上掉落着半支烟,燃烧的烟头在被皮特的洞洞鞋踩灭之前将台阶烫出黑色的印记。皮特的头伸进了驾驶座,露出车外的披着奇装异服的身体在月光下看起来像个无头的蠕虫,恐怖又似曾相识。志远恍然大悟，皮特正跟同伙偷自己的汽油。而他对皮特的熟悉感就来自修车厂那帮成天偷汽车零件出去卖的黑人小子。当年的志远对这些勾当难免眼热——活儿累、工钱少，不劳而获确实痛快。可志远胆小，只要动起歪念便于心不安，只好管住自己。志远曾暗自希望盗窃者被抓住开除，证明即便是资本主义社会照样有公义，可不知是老板太笨还是工友手法太高明，小偷们每次都顺利得逞直到另谋高就，只剩下本本分分的志远一把年纪还在原地跟那些笨重的铁家伙打交道。

窥破皮特勾当的那个夜晚令志远难以释怀，此刻独自面对镜中苍老的自己，户主地位不知不觉被皮特替代的耻辱感再次被唤起，但志远毕竟年长，岁月如水冲淡了争强好胜的气性，如同隔着胶皮手套被钳子误夹的手指，痛楚到底轻微得多。碎胡须已经清理干净，志远把剃须刀放进柜子，打开洗手间的门蹒跚走进客厅。快中午了，一脸倦容的皮特打着哈欠裸着上身从露西房里走出来，眼泡浮肿、面色如纸，富有光泽的肤色像涂上哑光漆又暗又沉。志远刚想打个招呼，记起自己的长辈身份，只好站在原地等待皮特主动。等了半天，皮特一声不响地四处走动，仿佛志远是空气。志远只得悻悻地打开电视，眼睛无趣地对着机器，耳朵却捕捉着皮特踢踏的拖鞋声和翻箱倒柜的哗啦声。开头志远以为皮特在翻找值钱的东西，直到皮特向他伸出手，才晓得皮特想要车钥匙——明天皮特又要去见律师。志远打算借故向皮特"开炮"，可皮特裸露着的结实细腻的肌肉却抢先吸引了他的目光，令志远感到一阵心酸：年轻男人的全部骄傲

在每一块筋肉上一览无余地展示着,那是女儿露西曾经拥有过的东西。无论志远对眼前的混小子多么不满,他的目光总会违背内心禁不住要去爱抚这个曾经专属于露西的年轻身体,仿佛那上面刻有再不能回家的女儿的唇印。最终,志远什么也没说,反正明天自己不打算出门。

把车钥匙递给皮特的瞬间,志远感觉下巴发痒:新胡子没那么快长出来,估计刚才没有清理干净。志远决定再返工一次,刚想起立,身子突然一软。

"什么情况?什么情况?"皮特的赤脚一前一后敲着地板,活像受惊的兔子朝志远奔来,"你这是怎么啦?"

志远没有搭腔,他抓住桌角,半弯着腰,受刑似的捂住右腹部,皱缩的脸倒吸着冷气。

"到底怎么啦?说句话呀?"

"兔子"似乎想起了什么,连蹦带跳跑进了露西的房间,现在是皮特的卧室。电脑还开着,网页速度飞快,一秒钟内显示的信息足够提供海量医学常识。网上说那个地方是肝区……皮特老爸就是得肝癌去世的,那年皮特才三岁。过了好一阵子,皮特重新走出来,志远还维持着原先的姿势。皮特从椅背上拿起自己的衣服,单手在衣袋里摸来摸去,好容易摸出一包烟——他心烦就要抽烟,可烟盒里空空如也,这意味着露西最后一次买的香烟已经抽完。皮特斜一眼电视:一家人正在哭哭啼啼跟病人做临终告别。看了几分钟,皮特认命似的转过脸,面对志远蹲下,伸出一只手说:"让我摸一下。"皮特的手指点在志远捂住右腹部的手背上，他边观察志远的表情，边吞吞吐吐，"来嘛，让我摸摸，你到底哪里疼？"皮特的语气难得柔软，志远心头一热，慢慢松开了手。皮特犹犹豫豫地把手贴上去，果然在松软的皮肉上摸到一块，硬鼓鼓地像塞进去一个偷工减料的烟盒。

五

志远在临终护理院躺了几天后，皮特才去了志远工作的修车厂。头一天上班，犹太老板递给皮特一套油腻腻的工装，叫他先去后门帮忙洗车，等熟悉业务以后再干其他的事情。皮特差点跳起来，谁不知道洗车是最没技术含量，收入最低的活儿。"不想干可以走。我是看在志远的分上。M国不兴走后门。"老板声调不高，板着面孔说话却很有力道，大家都停下手里的活儿望过来。皮特勉强维持住笑容，牢牢抓住工装，像耍赖的孩子知道这一着很有效。他们对峙了好一会儿，终归还是皮特让了步。

其实皮特大可以一走了之，他跟露西没有正式结婚，志远不算他的合法岳父，何况露西已经去世半年了。无论从哪个角度看，皮特和志远都不再有牵连的纽带。皮特向来知道志远打心眼里瞧不上他，对此也并不惊讶，反正他从来没有同性朋友，反倒是异性不断给他意想不到的惊喜。皮特幼年丧父，没有成年男子呵护的孩子能得到女性的同情呵护，同性却只会抱以拳头和鄙视。长大之后，皮

特这身俊美的人皮令他在女人堆里如鱼得水,同性赠予的"吃软饭的、小白脸"的头衔从未远离过他。只有志远是个另类,志远从不将敌意摆在脸上,甚至懂得维持皮特的体面,因为这体面千疮百孔,所以志远格外小心。两人的博弈则更像是皮特的独角戏,毫无棋逢对手的酣畅淋漓之感。生活中露西的痕迹越是淡去,志远反倒愈发谦卑,像只年老的蜗牛怕冷似的将柔软的躯体深深缩进壳里。愈是如此,皮特愈想手持草棍去逗引蜗牛,哪怕只逼他现出一次真身。因此,皮特经常拿露西的遗物出去换钱鬼混;他开走志远的老爷车从不打招呼;若是不想出门,皮特就赖在家里吃现成饭;皮特从不买菜洗衣,洗澡后乱得像台风过境的浴室,也留给志远收拾。皮特晓得无序的日子总会有个尽头,却从未想到会以志远病发划上句号。

皮特手持着水枪给汽车喷洒泡沫清洁剂,到处都湿哒哒的,胶皮鞋和工服也无法隔断阴冷之感。这令他分外想念露西的体温,尽管那热烈的体温已消失了很久,可温情的余味依然令他恋恋不舍。他盯着泡沫下面挡风玻璃里的一张张鲜有快乐表情的人脸,不知凶手的家人、那位老先生、毒死丈夫的妻子是否在其中?皮特突然很想知道他们此刻的心情。手臂举得久了有些麻木,皮特倒换一下水枪,空出右手指挥客人放开刹车和油门,让车子自动滑入闸口。这么落后的洗车设备,早就被淘汰,遑论在 M 国,可见这个犹太老板的抠门,真不知志远如何忍受得了那么多年。换作他,早就炒了老板鱿鱼。成年后的皮特一直相信自己生逢其时,倘若他贫瘠的生命中还有一小抹值得称道的华彩,那就是他自身了。他就是凭着命运的这点恩赐一次次跟过去说再见，一步步走到这里。没爹的孩子没钱念书，皮特初中毕业便出门闯世界，第一份工作就在汽修厂做小工。两年不到他摸遍了所有类型的汽车，也触摸到了城市的富贵繁华。城里的饭菜养人，他本来干瘦的身材渐渐长开，俨然是个眉目清秀的美少年。只是缺乏底子的身体不争气，个头长到一百七十公分便停滞不前。即便如此，还是有个常来修车的女客看上了他，介绍他进夜总会工作。夜总会仿佛是浮华世界的缩影，目力所及的华丽璀璨迷乱了不甘平淡的皮特。其实不见得非要是M国，他愿意去任何好地方"捞世界"。上帝保佑，他居然成功了，M国公民的菲昂娜女士向他抛出了橄榄枝。尽管菲昂娜的年龄足以当他祖母，却依然没能阻碍他们步入婚姻的殿堂。在M国这个物欲膨胀的国度，丰富的物质像空气一样无处不在地充满了皮特的新生活，美妙到不够真实，于是，皮特要求针尖在背上刺出飞龙，用金属圆环穿进皮肉，仿佛唯有疼痛带来的快感才能证明一切并非春梦一场。可加倍的肉体虐待并不能解决随之而来的荷尔蒙问题，他的身心需要为所欲为地自由表达。好不容易捱到身份合法，皮特以最快的速度斩断了与菲昂娜在法律上的婚姻关系。而露西此时恰到好处地出现，令他再次"满血复活"。可眼下，是什么让他又转回了原点，意料之外的惊喜并未到来，就连曾经唾手可得的微小快乐亦很少光顾？皮特懒懒地换条腿支撑身体的重心，举手投足有一股即刻昏睡而去的停滞，仿佛是默片的定格镜头。屋顶实时监控的机器里响起老板严厉的斥责声，皮特晓得老板正骂他偷懒。有多了不起！愤愤的他刚想丢下水枪，

躺在护理院眼巴巴等待他的志远忽然浮现于眼前。皮特擦了把脸，重新挥舞起手臂，在水流和泡沫中作振奋状，为了这份每小时几十美元的工作真正认真起来。

六

志远大口吐出粘稠的红色液体，疼痛将他扭曲的面孔挤到白床单的角落。医生直说志远是肝癌晚期，这让皮特很是意外：M 国医生倒是一点不避讳病人，让志远死也死个明白。不像皮特的小时候，全世界都知道皮特爸得了什么病，却都合起伙来瞒着骗着。

其实志远老早就感觉不妙，可想来不会是大病，忍忍就会过去，不愿耽误赚钱。早知如此他会及早就医，反正资本主义社会的医保不用白不用。现在可好，听医生的意思是让他回家休养，既然没得救了，就别赖在医院浪费纳税人的钱。这让志远听来难受，却能够想通：人老珠黄不值钱，一旦对 M 国没贡献，走到哪里都惹人嫌。皮特对此却难以接受，咋咋呼呼地大骂医生："你们不是号称人道主义吗？怎么能把病人往外推？"吵归吵，闹归闹，皮特晓得医生没有恶意。医生认为手术对晚期患者毫无意义，志远没必要待在医院活受罪，还不如回家尽情享受，开开心心地等死。可作为血统纯正的东方人，皮特对西方人这种想法终归不能苟同。不管如何受罪花钱，只要志远活着，延宕在这世上，哪怕多一分多一秒，也是好的——皮特相信若是露西活着，也会持同样的想法。翌日早晨，皮特来接志远转院。收拾完毕后，他坐在志远床头抽烟，眼见志远呆呆地望着自己，满眼恳求，就随手递给志远一支烟。M国的烟草照例很淡，一老一少默默陶醉在似有若无的香气里。

"病房里不能抽烟！"护士的粗喉咙叫起来。

"没抽没抽！我只想熏死蚊子。"皮特假装拧灭剩下的半支烟，一边朝志远挤挤眼睛，志远笑了笑，仿佛两个顽童做完坏事，一起欺骗老师的默契。

护士走后，志远又贪婪地吸了几口烟。病发后他对香烟退避三舍，此刻却无法拒绝生命中这最后的芬芳。烟雾升腾起来，在志远床头缭绕，随着空气慢慢流动到皮特额前。云遮雾绕中的皮特使志远恐慌起来，他担忧皮特突然驾着烟雾逃走，就像是露西小时候读的童话故事里尘封在酒瓶的那个魔鬼。细数起来，志远并非从未体验过离别：他能够理解私奔的老婆，的确是自己太脏太穷；而女儿迟早要嫁人离开，所以尽管她蒙上帝召唤，可他勉强算有心理准备。然而这次，为什么凄惶的感觉挥之不去？志远泪眼婆娑地问着自己。他的视线躲开皮特落到手中的半支烟上，眼前却虚无得没有焦点。

阳光长驱直入射进室内，志远在强光下变得如纸一样轻薄。皮特望着那片"纸"，温存地说："赶紧擦擦脸，给你的老板打个电话，改天我去应聘。"哄孩子似的语调，让志远的心熨帖，他想说声谢谢，又怕皮特生气。他还想伸手去抚摸皮特那头凌乱的卷发，他从没见过它们整齐的样子，这凌乱头发造成的距离，让他对皮特的态度，

也总是小心翼翼的。

回去的路上又变了天气，暴雨中的惊雷滚动在闪电的间隙中。坐在副驾驶位子上的志远往皮特这头靠了靠，挤坐过来，裸露的手臂跟皮特紧贴在一起，相互都能嗅到对方头发棄里淡淡的烟草味。皮特想叫志远坐开一些，可竟连这句话都说不出口，只好抬抬眉毛，故作轻松地问："猜，我们去哪里。"

志远摇头，茫然。

是的，周遭的气氛，彼此的关系，未来的结果——志忑的心跳都在一片茫然上。皮特透过挡风玻璃望向前方湿漉漉闪着幽光的马路。雨刮器太老了，"嘎吱嘎吱"涂抹着更加模糊的前景。没有喇叭声，也看不清任何清晰的物体。去哪里？去哪里？连自己的问句都听不清楚，从天而降的露西只留给皮特沉默的背影。终于，"砰"，眼前一片漆黑，睁开眼睛却发现自己躺在露西生前的小床上。刚才只是个噩梦，但噩梦里无法回避的茫然，束手待毙的景象却完整地留在记忆深处⋯⋯

皮特惊醒后拿起床头的手机：都快九点了！唐人街的露露酒吧还等着他开工。他闻了闻腋下，或许该冲个澡？否则细心的女客人会用狗一样灵敏的鼻子发出抗议，抗议他的异味破坏了有钱有闲的她们声色迷离的夜晚。可他躺回床上，不想动弹。依稀记起几个月没交水费，自来水早被掐断。他这阵子都是在酒吧或是时钟酒店的洗手间搞定个人卫生。水费自然要交，可既然停水那么久，再停一阵子应该也不要紧。时间差不多了，他终于将身子挪到露西的梳妆台前，勉强用毛巾擦擦，开始收拾自己。不用洗澡，古龙水来点再来一点，反正东方人的体臭远比西方人轻微。头发上多喷一点，湿漉漉的容易造型，唐人街的古龙水可比发胶便宜得多。露西的衣橱很大，可惜她的衣服都被他卖完了，只剩下一套他上夜班穿的西装，绑着皮带和领结，全副武装孤零零地站在里头。他捶捶疼痛的脑袋，胡乱地套上衣服，对着镜子做最后的整理。镜子里，他的头顶上慢慢生出双角，午夜的牛郎今夜又将出动。

出门前，皮特瞥见鞋柜上有张临终护理院寄来的账单。他边穿皮鞋边整理领带，对着脑海中窝在临终护理院床上的志远说："老头，你可别埋怨我把你丢在那里。我要忙着去给你挣钱哪！私家护理院每周给你接氧气输液翻身擦屎尿的费用贵得很呢。"一脚已跨出家门，皮特犹豫了一下，转头把账单放进西装口袋，才退回来掩上了门。

去酒吧的路上，老爷车的引擎照例熄火几次，差点引来了警察。皮特的国际驾照还没到手，要是警察临检，可就惨了。到酒吧的时候，已经晚点，幸好客人暂时不多。暗淡的灯带像被有色膜包裹，投在低矮的天花板下的，是大片大片闪光的边缘的阴影。斑斓的顶灯将平庸的空间切割成惊心动魄的超几何图形，吧台上方强烈的光影却令客人像乍入盲区似的失去了视觉焦点。皮特有意坐在吧台外面最醒目的位置，等待着被挑选。百无聊赖中鼻腔和喉咙一起发痒，他一摸衣袋，空的。讨厌！今天又忘了买烟。露西去世以后，皮特再也没去唐人街买过烟，若是犯了烟瘾，就在街边随便买一包对付。他把头伸进柜台，想唤酒保借包烟给他。柜台下面堆积着不少香烟，

皮特瞄一眼正忙着砸冰块的酒保,见他没注意自己,便自说自话拿了一包。皮特几乎忘了自己何时染上的烟瘾,如果认真追溯起来,似乎是刚进中学那会儿。放学路上他被又高又胖的男同学拦住,逼他交出零用钱。没爹的孩子没有钱,被搜遍全身也没有!他被痛打一顿,像抹布一样丢弃在路边。一个过路的衣着时髦的中年女人叼着香烟经过,见他可怜,随手摘下唇边的半支烟,丢给了他。他迫不及待地把烟放进嘴里,忘记了自己那好看的鼻子下还挂着鲜血。他就此爱上了香烟的味道,再也无法戒除,那文雅中微微带着醉生梦死的气息,以不可思议的力量抚慰着被世界抛弃的人儿。想来人生不过是这半支烟吧,不问来路不知未来,唯一能做的,是用心品尝每次吸呼间的余味。皮特点燃了一支烟,微醺的麻醉感笼罩了他。他记起曾给过志远一支烟,也不知志远抽完没有,那是志远陷入昏迷前能够记住的最后的人间的滋味。

音乐震耳欲聋,鼓点麻木了神经末梢,既听不清别人的嘶喊,也没法听到自己的心声。皮特仿佛既聋又哑,便常常发呆。不知过了多久,终于等了一个黄皮肤的女客,她富态而年轻,乍看像是露西。"露西"的肚子不小,额头上光洁如新,枪击留下的血洞不见了。皮特的目光在那漂亮的额头撞击下愈发凛冽,却唤来热烈的追光。皮特被她的神情鼓舞,环视她的眼神像舞台射灯有节奏地亮了起来。他终于发觉自己今天运气不错,连她上气不接下气的笑声,也像极了露西。吸饱了香烟的皮特仿佛嗅到了另一种甜丝丝的味道,似乎是爱情的味道。他凑在她耳边呢喃着情话,突然很想对她说:"你爸爸还剩下最后一口气，正躺在临终护理院。你想不想去看看他？"明知这个念头很疯狂，可皮特依然无法克制自己。万一音乐停下，全酒吧都会听到他对客人的无礼要求，老板会冲过来，抓起烟缸向他投掷。皮特被自己的想象逗笑，而他的笑是如此忧郁，令"露西"冲动。她突然用肥胖的胳膊搂住他。皮特明白，过了今晚自己或许再没有机会见到她，便温柔地倾向她，在鼓点和暗影里吻住她。音乐间歇了一下，皮特的嘴唇在"露西"颊上擦过，他禁不住地后悔，后悔他与露西之间有过许多美好时光，却白白流过。"露西"问："是否介意换个地方聊聊？"皮特点点头，搂住她不算纤细的腰肢出了门，临走又向吧台要了包烟。

"工作"结束后，皮特揉着酸痛的腰骨驾车去看望志远。夜晚的城市像只火炉，还好凌晨只有似有若无的火苗，火光越来越淡，最终融化到空气中。临终护理院紧闭的百叶窗垂下金属片，将热气封闭在外。房里开着小灯，首先便有感官上的宁静幽暗，是天价的费用换来的这片清凉世界。皮影似的志远独自躺在床上，被各种管子环绕的枯瘦身体深藏在白得刺眼的厚被褥下。监控仪器"滴答滴答"地运转着，一切如旧。皮特胡乱脱着衣服，脊背上立刻沐浴凉风。他将刚刚赚来的一叠钞票压在护理院的账单上，才腾出手点燃一支烟，顺便打开电视给志远"看"。电视里正重播警方的认尸启事：一名亚裔老年男子在一场交通事故中丧生。警方急寻死者亲友前来认尸……血腥的事故现场作为背景一闪而过，受害者的证件照随即被放大出现在电视画面上：在律师楼静坐的那个老先生脸部有点失真，

原本精瘦的他似乎更加形销骨立,可那副安静内敛的神色仍在……

半支烟明灭的光点顿时静止在微凉的空气里,烟灰越来越长……直到监护仪器发出轻微的异响,几乎被烧着手指的皮特才火烫似的从电视上移开视线,关切地转向志远。志远的眼球在紧闭的眼皮下动了动,一滴老泪顺着眼角缓缓滴下,停滞在途中。

(原载于《雨花》杂志)

分手吧,罗拉

分手吧,罗拉

在阿敏看来,最近一次的交谈——哦不,院方称之为"治疗",精瘦矮小的"白大褂"还像前几次那样努力保持着职业的冷静,试图以不屈不挠的专业态度,绕过阿敏自我构筑的屏障,探寻走入她心底的幽径。无非是些寻常话题:童年经历、职业背景、家庭环境等等,可经由"白大褂"一问,多少蕴含了些许权威的意味。

阿敏干咳两声,环视四周以躲避"白大褂"凌厉锋芒的目光。办公室整洁干净到不近人情,唯有桌上的多肉植物鲜活地舒展着妖娆的身姿。若是非要她开口,倒不如谈谈对这盆"肉肉"的看法。"肉肉"修剪得精致,无菌环境中也不可能生虫,可长久不见阳光对植物没有益处,别看眼下它活得肆意,这夸张姿态恰是强弩之末。她认为自己并未顾左右而言他,她亦不是故意浪费宝贵的金钱和诊疗时间。她热爱白大褂神圣洁白的颜色,为此她几乎付出了所有。因此每每经过,她总想进来看看,缅怀一下过往的职业生涯。心理咨询科?

之前从未见过。既然挂了牌,她就打算来瞧个新鲜。

然而,还未等阿敏说到"肉肉","白大褂"扑克牌似的脸孔已对准了电脑,貌似并不打算听她闲扯。她晓得只要自己开口发出第一个音节,"白大褂"那笔直修长的手指便开始在键盘上舞蹈,记录下她有意无意间吐露的所谓心曲。她只得收起顽童心绪,拿腔捏调地开腔:丈夫云来陪着儿子在外国读书,而她辞职已久,从此她的睡眠就像漏水的龙头,滴答断续,毫无规律。她停顿一下,目光蛇一般溜到"白大褂"脸上,在他暴露在桌子上半部分的身体上游移。她发觉"白大褂"的第一颗衣扣紧锁着滚动的喉结,一颗红色的"草莓"含羞躲藏在衣扣背后。她发出会心一笑,并非因为"草莓"泄露出的私情,而是庆幸对方并未注意到她刻意隐瞒的身份——若是事先知道是为同行诊疗,"白大褂"或多或少会不自然。

"白大褂""噼噼啪啪"在键盘上敲了一通,打印机便"嗤嗤嗤"吐出了病历和药方。这是"逐客"的节奏?如此浮皮潦草的交谈,哦不,诊疗?曾是职业医生的她这次是否该信任同行的诊断,吞服那一颗颗白色的小药片?其实,较之失眠,记忆的错乱才令她困扰。事实和梦境此起彼伏地涌来,久远的记忆与瞬间的遗忘交叠更替,宛如断续的鼓点在她因失眠而愈发脆弱的脑神经上敲打不停,提醒着跋涉在清醒与蒙昧边缘的她,随时开拔去往不明就里的方向。

在今天之前,阿敏从未质疑过"白大褂"的专业水准。就像到昨夜为止,她从未怀疑过自己对医生职业的热爱。若不是身体原因,她或许不会早早脱下白大褂,从此沦为终日胡思乱想、无所事事的

家庭妇女。然而,就在昨夜,她混沌的大脑皮层发生了物理反应,仿佛黑暗中的化纤幕布被撕开了一角,噼里啪啦的记忆火星在暗夜里乱闪——难道自己是被迫辞职?或是医院将自己辞退?作为昨夜的呼应,前几月的梦境更为诡异。在夜班休息室里,一个熟悉的陌生人解开白大褂的扣子,俯下伟岸结实的身子与她耳鬓厮磨、缱绻缠绵。他温存而体贴,只是偶尔于梦中前来相会,可她从未看清他的面容,唯有他清新的体味,从绮梦里飘至现实之中。

除去工作过的医院,阿敏毕业的母校医学院也是她魂牵梦绕之地。刻在脑海中的地址并没有错误,分隔学生和教工宿舍楼的那片树林还在,她青春懵懂时走熟的林间小路被拓宽,并铺上了卵石。可是,医学院早已和综合大学合并,搬到了郊区。旧址上林立的教学大楼被爆破夷平,种上了绿树花朵,建成公园。

既然承载回忆的一切已成过往,那么为何老师还留在那片树林?夜深人静、似睡非睡时分,她总望见老师守候在树林里那条窄窄的土路上,幽蓝的月光在老师脸上打下灰蓝色的暗影。他鼻腔里的呼吸声伴随着猫头鹰的鸣叫、小虫的低吟、蝙蝠翅膀震动的"扑扑"声在她耳边萦绕不去。此情此境如此真切,令她入魔一般,非要星夜驱车前往,眼见为实:凄清弦月、几点星光,入夜的公园成为流莺、流浪汉和拾荒者们的出没之地。而这一切,她又如何能够轻易启齿,如何能够轻易向眼前这个满脸爆痘、目光轻佻,显然还未品尝过人生三昧的青年"白大褂"和盘托出?可她依然希冀"白大褂"的聆听,希冀他舒展开不耐烦的眉头,将目光从电脑上移开片刻,给她一个温暖的眼神，她或许就会一吐为快——即便像她这样风华不再的已婚妇女，亦有曾经精彩的青春和亟待倾吐的心声，何况这是她第八次付出不菲的诊费。

"白大褂"那双略显冰冷的眼睛依然盯着电脑，淡然地问她是否按时吃药。药她自然没吃，曾为医生的她从不认为失眠是什么大不了的精神疾病，真正的精神疾病也非药物可以治愈。而他对她的回答颇为不满，原本冷漠的眼里居然射出蔑视而尖利的光芒。她惊觉"白大褂"的眼神是如此熟悉，隔着悠悠岁月，依然准确无误地刺中了她。那时她已在医院见习，用菲薄的薪资买了礼物前去已成为未婚夫的老师家里造访。老师的妈妈开了门，老太太没有接受礼物，只是用一种不可名状的眼神打量着她，随后说："即将博士毕业的老师打算娶医院院长的女儿……"

阿敏明白那眼神的潜台词。

几个月的坚持终于打开了缺口，在这个不眠之夜，阿敏晃荡着水杯中的清水，反复数着掌心的白色小药片，幻想着它们在自己的胃里缠绕融合，紧接着便是黑甜的梦乡。天知道她已经多久没将自己在柔软蓬松的床铺上放平。来不及思考便堕入天堂的舒适感觉，她光是想象就会发出尖叫。但是，真的可行吗？记忆的碎片和残屑会在她的浅梦中自行拼接，组装成伸缩自如的"变形金刚"，获得重生之后，继续与她的肉身战斗。对于过往，她孜孜以求的，并非细水长流地复制粘贴，而是生猛直接的删除键——"啪嗒"一声，大脑主机一片空茫。

或许，如此对家人并不公平，幸福的记忆也并非全然无存。同在一家医院当医生的丈夫每天驾车接送她上下班；夫妻俩肩并肩去小学接儿子放学。虎头虎脑的儿子候在校门口，一见父母便飞跑过来，书包蹦跳着"啪嗒啪嗒"拍打他的小屁股，仿佛是只紧紧攀附母亲的小奶猴。即便是日后，和丈夫一起送儿子去加拿大上学，留下的记忆亦很温馨。多伦多的纷飞大雪中，穿着羽绒服依旧冻得直打哆嗦的娘儿俩，分别被丈夫搂在左右。抱团的三人远看仿佛是只甜蜜的大粽子，那难得的温存令她记忆犹新。然而，儿子注册完毕之后，她才得知，丈夫早已在学校附近置下房产，打算长期住在多伦多陪读。当时的丈夫辞职已久，当上医疗代表多年，经济实力自是不菲。她没有追问丈夫更多，丈夫也没主动解释。三天以后，她独自回国。一上飞机，她便戴上眼罩和耳塞，盖上毯子，蜷缩在座位上制造出睡眠的假象。而事实上，十多个小时的旅程，她睁大眼睛，看着自己烦嚣的灵魂，聆听着自己的呼吸和心跳，似乎唯有如此才能确认这一切并非幻觉。

从此缠绵的睡意便离阿敏远去，破碎的记忆在她千疮百孔的脑际不断闪回，譬如母校旧址的那片小树林，譬如小树林的如水月光。春去春又回，流光把人抛，小树林是她长醉不愿醒的旧梦。沿着昔日的足迹在林中蹒跚向前，她仿佛行走在青春里。

穿过树林，前头就是教工宿舍，那几栋疏朗的二层小楼里，总有一盏灯为她守候。后来风声紧了，他们便在林中约会——那心如撞鹿的隐秘的喜悦，依旧储存在大脑硬盘的某个角落，尚未蒙尘。夜露挂满她的发梢，清凉她的睫毛。不时出没的虫蚁袭击她裸露的肩背，晚风撩动着她提起的裙裾，野草拂过她赤裸的小腿……直到最后一次，她独自在林中痴痴地等待，一条蛇爬过她冰冷的脚背，那粘腻濡湿的触感……过了那么多年，那条蛇也该几经轮回转世。如今，她宁愿再次站在林中等候它的徒子徒孙的光临。丈夫和儿子远赴异国后，亲友们皆因她的精神问题退避三舍……若是爬过脚背的剧毒蛇给她致命一吻该有多好，所有琐琐屑屑的痛苦亦将随之终结。

　　阿敏的丈夫云来回国后的第一件事，就是去小商品市场为儿子购买两条羽绒裤。尽管加拿大到处都有暖气，可总有各种意外令暖气间的衔接产生空缺。譬如，清理被下了整晚的大雪深深掩埋的车子之时。在物价高昂的加拿大，很难买到如此价廉物美的御寒物品。按理说，这类琐事该由孩子他妈操办，可他对此从来不做期待。这次回国，也是物业的要求，要他回来缴纳费用，顺带处理一些无法解决的杂事。回到小区签收快递时，保安从监控室奔出来，将一纸袋药品交给云来，挤眉弄眼地说："这是你太太前几天扔在门口的。"还没顾上仔细查看，物业经理已匆匆赶来，将他请进办公室。经理讲得嘴角泛白，云来听着无非是些鸡毛蒜皮的琐事：半夜三更有人在小区的树丛里游荡，时而唱歌时而自语，吓坏了巡逻的保安；自家门厅经常有人乱抛垃圾，并非真的垃圾，而是一些未拆封的物品，水杯、纸巾或是药品……水、电、物业、停车费长期拖欠，物业上门催缴也无人应门等等。最后一根稻草是上周她家浴室漏水一整夜，楼下邻居家的地板全部报废。物业经理末了做总结陈词："我们知

道先生是讲道理的人,你就看着办吧。"

云来晓得无非是钱的问题,签张支票就是。他收拾好东西转身回家,走到门口居然怔忡片刻。钥匙照例在门毯下,他不需要按响门铃。握紧钥匙的一刻,他的心才像找到了归属,霎时松弛下来。客厅的杂芜在意料之中,曾经妖娆的盆花已然萎谢,肆恣盛放过的花瓣仿佛骤遭火烫,枯黑蜷曲,与堆满茶几的生活垃圾混杂在一起;地板、饭桌、座椅……四处积聚的厚实的尘埃仿佛灰色的绒毯。沙发上的"绒毯"中间有一块人形空缺,像是专供他坐下歇脚的。难道她夜夜在沙发上入眠?这令他感到不可思议。他深知她对床铺的注重,只要席梦思和枕头稍稍不合心意,她便无法安睡。眼前的一切令他莫名地不安。然而她不在家,一切无从询问,他只得心慌意乱地被动等待,如同未曾与主人预约的访客一般。这一刻,他突然好像触摸到了他和儿子远走后,她曾经的惶惑和寂寞。

此时的阿敏在楼下等待着电梯,她正为如何处置"白大褂"新开的药品而发愁——储藏柜已没有空间。前天,保安提着纸袋来敲门,她知道,有意无意将药品遗忘在传达室这招再也行不通了。事实上,开头几次,遗忘并非作伪。可当她隔着猫眼瞧见保安送回药品时唇角那讥诮的笑容,才产生了捉弄对方的念头。至于为何健忘,无非是缺觉的大脑供氧不足,反应稍稍迟钝罢了。在传达室签收快递时,忽见窗外闪过男孩的背影,像极了儿子,待追过去,却又无影无踪……

让阿敏意外的是,客厅里居然有人。她的心顿时抽紧,可瞬间的惊惧转眼就被一股暖流拥抱。哦,他终于晓得回来了?她不愿被他觉察心底的欢欣,她在他面前需要永远高高在上。她嗫嚅着嘴唇,抓着纸袋的手指在微微颤抖,进退维谷。他主动向她走来,轻轻拥住她瘦弱的肩膀。她避让了一下,从他的拥抱中滑走,四肢百骸却有无数股细流向脑际涌来,从泪腺和鼻腔奔涌而出,发出一声痉挛似的抽泣。她已许久不曾如此失态,这是她年少时才有的激情流露。而当年的他是如此稚嫩,面对她的痛哭往往束手无策。

那时云来是阿敏的同班同学,贫寒而自卑的他默默仰望着心中的女神。医学院的女生本就寥若晨星,珍贵异常,何况她是如此温婉动人。每当她走过手术室,飘逸的白大褂下若隐若现的娇躯仿佛抽芽的柳枝,清新美丽得令人怅然若失。而她却似乎浑然不知。她明媚炽烈的笑容只对讲台上那袭潇洒的白大褂尽情绽放。虽然接踵而来的打击令她的神采黯然,可他如何能够忘记,她那曾经点亮过他幽暗灵魂的靓丽光彩。她的憔悴神伤令他暗自窃喜,一直以来,他对她那不能言说的如诗如画的憧憬,终于有了种种可能。

云来暂且顾不上阿敏,他将家里草草收拾一番,待到坐定,已是华灯初上。灰蒙蒙的窗玻璃闪闪烁烁将月光折射得诡异,圆月像只静默的眼睛窥探着这个未拉上窗帘的客厅。他俩彼此无话。他好整以暇地审视着妻子:流逝的青春带走了她曾经的丰润,尖锐突出的骨骼异乎寻常的生硬,紧抿的嘴唇晦暗皲裂,可她的眼睛却依然充盈着灵光,却并不泄露给他一丝暗示。

云来明白,他该主动打破僵局,可他担心自己恼怒的心情会随着言语狂泻而出,只得略略低头,用手指舒缓着太阳穴的阵痛。他

了解她的沉默意味着什么,她的眼神里充满防备和拒绝。而他对他们的情感现状确实已经无能为力。那么,若是贸然开口,他们之间必然又会有久久的争吵。他不想争吵,因为毫无意义,既然如此,那么对她的质问和责备亦毫无必要。物业、水、电费用他自会按时缴纳;业主有权在任何时候享受小区的所有公共设施,遑论花园和树林;至于遗忘东西,更是芝麻小事,谁不是琐事缠身、焦头烂额、丢三落四?莫非你物业就从不出错?彼此迁就忍耐难道不是一切人际关系的前提条件?即便是他自己,与她的青春美丽结婚的同时,亦得忍下她所有的清高浪漫小姐脾气。

大学毕业前夕,导师有心成人之美,推荐他与她进入同一家医院工作。可薪水微薄的他买不起新楼,只得在医院陈旧的职工宿舍里与她成婚。他俩的新房在一楼,隔不远就是职工澡堂,破旧的板壁经常渗水。一到梅雨季,婚床和衣橱潮湿得几乎长出蘑菇。他内疚、焦虑,感觉她就像一条华美的地毯,铺在千疮百孔的破屋。因此,他对她百般宠溺、万般迁就,甚至不惜抛弃自幼悬壶济世的理想,脱下心爱的白大褂转行当上医药代表,只为撑起门面令她展颜开怀。幸而上天待他不薄,药品和医疗器械换成了水涨船高的银行账户上的数字。他带她搬入了华丽的新居,生下了健康可爱的儿子;家里请了保姆,家事不用她插手;她的衣橱和首饰盒日益膨胀,购物和美容成为她闲暇时最爱的消遣;每当生意淡季,他便带上全家出去旅行……拥着娇妻爱子,他以为人世间最幸福的生活亦不过如此。向来自卑自谦的他几乎无法相信上天居然对他这个穷孩子如此厚爱。

事实证明了云来的自知之明。在接受曾经的师母、如今的副院长的约见后,他才惊觉自己居然从未觉察妻与老师——如今的外科主任,究竟暗度陈仓了多久。面对副院长的失态痛哭、威逼利诱、指责唾骂,他唯有愧疚窝塞地沉默不语。

拖拖拉拉了几个月,妻终于办好了辞职手续。云来特地向客户告了假,驱车去医院接她回家。他留意着送别的人群,却找不到那张俊朗而愧疚的面孔,唯有个披着白大褂的略显发福的身影一闪而过,曾经潇洒自信的气息化作人到中年迟疑妥协的惘然。那是令云来陌生的气息,瞬间抽走了他的愤恨,剩下不可名状的空虚。

风波过后,云来尝试过重新开始。妻没再工作,而他则慢慢脱离公司开始单干,过了几年事业逐渐上了轨道。有了金钱和闲暇,他把重心放回家庭,开始重温爱的功课:按照妻的口味重新装修,陪她逛街购物,关注她的喜好,带她参加各种饭局,安排各种浪漫的旅行……然而,对于是否还有足够的余热去抚慰她枯井般的心灵,他并没有把握。还未下最后的决心之前,他为她的三十五岁生日策划了节目。迪士尼乐园上空的缤纷焰火、儿子暖心而甜蜜的亲吻,全家唱生日歌吹蜡烛的场景尽管俗套,却着实让她感受到了久违的快乐。就在气氛 High 到最高点的时候,他的情绪突然不受控制地降落到冰点。为了掩饰自己的失态,他露出招牌的憨厚笑脸,附和着她的每一个话题。而他不知道,这惯常的举动在她眼中不过是他自卑无用的再次体现。

就当云来切下最大的一块蛋糕递到妻嘴边的时候,已然客满的

迪士尼主题餐厅里,闪入一个熟悉的身影,兀自向落地窗边的最佳位置走去。他的心突突突狂跳起来。尽管对方没有穿上标志性的白大褂,尽管对方挺拔清瘦的身躯全然不见从前发福的痕迹,雕塑般立体的五官也摆脱了曾经声色犬马后的浮肿,可眉宇间那股颐指气使、一丝不苟,带着些许清冷、挑剔和自律的漠然,令他感到不可名状的压抑。

听说外科主任——阿敏和云来曾经的老师,跟副院长离婚后,凭着早先在业内积累起来的声望,被一家民营医院高薪挖去当"台柱",还"梅开二度",娶了个年轻的妻子⋯⋯

云来的心哆嗦一下,视线重新投向妻,发觉她出神地望着落地窗外喧嚣的充满华彩段落的乐园,那些本应过了花甲之年的卡通人物,顽童般的挤眉弄眼,这种形式的"永生"反而唤起了生命的虚无之感。可是此刻,他与她,却真实感受着符号般的"白大褂"永恒的存在,"白大褂"在渐渐转暗的灯火下慢慢明亮起来⋯⋯

一个进入青春晚期的不老少女,将染着红毛的头颅靠近那个人健硕的肩膀,狎昵地说着私房话,像是只火鸡不停地扑扇,向主人卖萌乞食。一边的婴儿车上,被安全带固定住的扮成米奇老鼠的小毛头,正对着满桌垃圾食品津津有味地吃着自己的手指。

云来极力控制着自己的脸部肌肉,捏着小勺一口一口吃净蛋糕上的奶油,满嘴的甜味慢慢变为酸涩。可他的目光依然不离妻子左右,温柔的怜悯——阿敏的眼睛是造物主的神来之笔,赋予柔美的她野性灵动的魅力,而眼下它们却黯然失色地委顿了,她也随之失魂落魄。

云来的胃部渐渐开始抗议，满满的酸水在里头翻滚吵闹，奶油的怒气胀满了腹腔，似乎直到此刻还没消散，下飞机后水米未沾的他全然感觉不到饥饿。妻子只说自己吃过晚饭，便不再开口。他了解她的粗心任性，在足以影响情感生活的细节上，她向来如此。可笑当年热恋中的他居然将之看作"独立"，或许她真是"独立"，至少眼下他全然不觉她独居的困扰。对他的去留，她也照例不闻不问。好吧，算他自作多情！当物业的越洋电话打来，他脑海中立马浮现出生活在水深火热中的弃妇形象，才第一时间飞越太平洋，否则此刻，他和儿子正围着火炉品尝着简单温馨的晚餐。习惯了大洋彼岸的温暖室温，忽觉家乡湿冷的冬夜是如此漫长难耐，他正打算起身去投奔酒店的中央空调，她却像个絮叨的老妇开始喋喋不休："四面白墙令客厅像是医院，我打算重新装修，你喜欢欧式还是东南亚风格？卫浴的龙头开始漏水，顺便更换；小区保安每次见我，都问你何时回国，好像你崇洋媚外似的；心理医生总把我当病人，给我开一堆药，我才不爱吃……"她的语气有股讨好的意味，仿佛迪士尼餐厅的 Waiter，礼貌而殷勤，时刻担忧服务不周被投诉掉了收入颇丰的饭碗……客厅一角放着她的钢琴，也在聆听她的碎碎念，看来它许久不曾被弹奏，更遑论校音，怕是荒腔走板已忘了自己曾经的高贵妙音……

云来的生活渐入佳境。他已逐渐适应并融入了异国，每天为儿子准备早晚两餐，一周驾车去一次超市——他熟悉多伦多城市内外的所有能够提供食色需要的场所。他计划着移民，并着手准备加拿

大的执业医师考试,希望重拾最初的理想。为他补习的老师是个白种人,闲暇时两人会相约去酒吧,师生关系逐渐延伸到了上课之外。夜晚是西方人的享乐时光,酒吧与夜场的霓虹填满了都市人放肆的不眠夜。伴着火爆的架子鼓和念经似的说唱乐,两人坐在吧台的高脚凳上,漫不经心地享受着泛起欲望泡沫的生啤。女教师浮雕似的五官夸张地飞舞着,碧绿的眼睛闪烁着亢奋的光芒。她总是不失时机地享受当下的快感,他讶异自己对此并不反感。或许,他在本质上与她同类,只是传统价值观打压了他的本能。尽管他与她并非同一种族,婚姻羁绊令他对此刻充满犯罪感,可这些依然不能遏制他对新生活的渴望。

既然如此,还有什么理由不离去?云来迫不及待地走出沉闷压抑的客厅。他对自己说,他从此不要虚度任何一秒。趁她进洗手间的工夫,他终于得以脱身走入主卧查看。与客厅相反,这里出奇的洁净,晶莹的吊灯一尘不染,床罩被褥挺括平整,床前的地毯上两双拖鞋并排躺着,仿佛一对恩爱夫妻正享受欢好后的适意时光。热血慢慢冲上他的脑门,一转眼发觉她的影子已飘到门口,心虚似的静默不动。他手足无措,不知该如何看待这充满各种可能的暧昧暗示。即便缺席她的生活,可他毕竟还是一家之主,主卧是他的领地、他的战场,岂容他人酣睡?而她却依然立在原地,喃喃解释,自他离开之后,她整夜无法安睡,再好的床品、再软的褥子都失去了意义。

云来气急败坏地扭过头,直直盯着阿敏的眼睛,想借此看穿她这番谎言的真实用意。可她的眼神空洞虚无,仿佛落定在看不见的远方，不似狡辩。

阿敏突然说："我努力了好几个月，还是无法安睡，干脆放弃挣扎，每晚躺在沙发上看韩剧。每个频道都在播韩剧，不用担心无剧可看。总是大团圆的结局，仇人彼此原谅，爱人破镜重圆……我在想，你是不是欠我一个解释？"

云来一怔，暗想："解释什么？为何成了'逃兵'？"他努力打起精神，露出消极的笑容，目光闪烁，像无头苍蝇在搜寻再次逃遁的途径，玻璃柜下一排排装着药品的纸袋似捕蝇纸般黏住了他的视线。难道那是——"罗拉"？好吧，或许他该交代：婚后那些没有理想只有目标，牺牲自我小心翼翼地捧着护着她的日子，究竟是从哪一段开始变质的。那么她是否也该坦白，她究竟是从何时开始从妻子角色中淡出的。可这些都被他狠狠咽下，柜里和搁置在客厅电视机上面的保安送回的药品都在提醒着他，对一个和自己曾有亲密关系的病人苦苦相逼太不人道。哈，这多像韩剧的剧情！那些套路相仿、面孔类似、永远哭哭啼啼、笑笑闹闹，类似年少时追看的琼瑶片的脑残肥皂剧集，居然让她如此沉迷，难怪超龄少女走不出那袭"白大褂"的魔影，只因她永远迷恋青春梦幻中的怀恋与暖伤。

可是超龄少女还在追问，执着的目光如此真诚，在柔和的壁灯映照下闪闪发光。那目光唤醒了云来心底悄悄囤积起来的感伤，待他意识到，已被尖锐的痛楚控制住。为何非要将原由说明？她只是搭错了他这趟客车，他们的方向终将南辕北辙。或许，她只留恋沿途的旖旎风光，他的终点站根本无关紧要。他抱着脑袋蹲下，发出

轻微的呻吟。距离玻璃柜近了，他再次看清，老朋友"罗拉"正向他招手。那是当年，还是医生身份的他为自己偷配的精神科药片。他曾费尽心机与之分手，甚至不惜远走他乡，不料它却登堂入室成为妻子的腻友……

阿敏正目光炯炯地盯着云来，坦然得没有一丝阴影。他微微佝偻的身子和紧锁的眉头，令她忍不住想给他一个拥抱。见他盯着"罗拉"目不转睛，她即刻明了他脸上的黑云从何而来。可她不愿解释，在她的思维里，那些未拆的封条足以证明她对"罗拉"的抗拒。她的初次所谓求医，纯粹出于新奇，她早已遗忘与"白大褂"的对话内容，唯对诊室那盆多肉植物念念不忘。缺乏阳光雨露，"肉肉"却依然坚挺，它直接从现实坠入令她心悸的梦里——微小如蚂蚁的她置身密密匝匝的"肉肉"丛林，浓稠的黑暗的情绪与稀薄的空气将她紧紧缠绕，任她拳打脚踢奋力挣扎，亦无法摆脱令人窒息的幻境。她当然知道，"罗拉"就是她的诺亚方舟，可她宁愿挣扎在无助的苦海，让大脑以它独有的方式完成一次彻底的格式化。若是人生也可以格式化该多好，所有的是非对错都可以一笔勾销。是的，她但愿昔日的记忆从此删除殆尽，留下空茫茫的硬盘重新录下她与他全新的生活。这一尘不染、焕然一新的卧室，是她赠送给他的重新开始的礼物。

阿敏等了许久，他依然蜷缩在地板上，似乎仍在考虑问题的答案。从迪士尼乐园回来，他便开始沉默寡言，那晚肯定是问题的症结所在。事实上，若非过生日，迪士尼之夜与其他享乐的夜晚并无二致，只是整晚对着家人，居然没有遇上一个朋友，未免扫兴。唯有一个似曾相识的背影令自己愣了片刻，可她全然无法从那背影身上读出与自己相关的任何信息。还有那个形象出位的红毛少女，一身打扮倒是很应景……

胡思乱想中，窗外乌漆墨黑的色块逐渐透出鱼肚般的银白色，太阳不失时机地从云层中跃然而出，点点金光充满生之喜悦。听到云来腹中传来闷雷般的鼓声，她甚感赧然。想起冰箱空空如也，她打算出门买些早点果腹。与他打过招呼，她便出了门。吃什么好呢？她记得他最爱某家店铺的生煎包，即刻决定搭乘地铁去买，路途遥远不是问题。她期待在异国难以吃到的美味能唤起他对家的感怀，就像她为哄他回国所做的种种荒唐之举那样。

阿敏脚步轻快地走出电梯，身体像被暖风吹鼓的风帆，四肢充满升腾的喜悦。她计划快去快回，失而复得的家正在身后等待着她。那么他等待她的时候，会做些什么？勤快的他从不舍得让她操持一丁儿点家务。"哗哗"的自来水声欢快地扰攘起来，洗衣机滚轮轰轰转动着，蒙尘的窗帘在肥皂水中沉浮……有他的地方，才有家的感觉。

咦，地铁卡呢？手机和钱呢？没带！别无他法，她只得悻悻地回家。门铃按了许久，没人应门。她在门毯下摸到备用钥匙，哆嗦着手开门进去，客厅里已空无一人。她跑进卧室，刺眼的日光如同万把利刃穿透玻璃，晃得她无法直视……哦，他趁她不在再次离开了。活泼泼的自来水声、轰轰的转机声、湿哒哒的窗帘和她一直等待的人儿,如同阳光下的轻雾,了无痕迹,唯有她足底带起的乱舞的微尘,刺激着她酸痒的鼻腔。

眼泪像是解冻的冰海,裹挟着未及融化的冰块,不可遏制地一泻千里,发出叮咚撞击的杂音,可她无从得知这是否仍是梦中听到的嘶鸣。或许,她真的永远失去他了,就像走着走着将心爱的白大褂遗失在风中,再也无力去找寻……她把脸压在枕上,在哭泣中她又睡去,梦中她隐约闻到枕上残留的他的气息,多少年都不曾再闻到的气息。她在熟悉的气息里复苏、振奋,那种飞扬跳脱的、情不自禁的感觉驾驭着她那拒绝"罗拉"拯救的正逐渐清零的头脑——她再次出发,向走在街头的他发足狂奔。她凌乱的步伐流淌着孤注一掷的哀伤,她在疯狂追逐中重新感知他对她而言的真实意义。

不远处传来刹车摩擦地面的吱嘎声,眼前的红灯已渺然难以辨识,她感觉整个身体飘飞而起,狰狞的阳光碎成断片,连同整个街道在刹那间,如梦似烟……

(原载于《雨花》杂志)

白日焰火

白日焰火

　　那天海上风浪不小,狭小的游艇左摇右摆,终于将她抛入水中。她艳丽的泳衣在水中若隐若现,单薄的身体转眼就将被海水吞没。

　　奇怪,在阿诺的回忆里,唯有同船女工惊惧恐慌的尖叫。而她,似乎并没有呼救。

　　丝毫回忆不起自己当时的想法,或许脑中一片空白,只是本能驱使他跳下甲板,奋勇向她游去。

　　落水女工苍白而稚嫩的面颊近在咫尺,漆黑的长发贴在脸上,湿漉漉的沾着晶莹的水珠。他努力了几次,终于抓住她的肩膀,她冲他微微一笑,戏谑的眼神不带一丝恐惧。在回忆中,惊心动魄的场景早已退远,唯有女孩圣洁的美丽在瞬间击中他的心房。

　　上岸之后的情形,阿诺已记不太清。似乎她的落水令此次同来参加厂庆的工友们大受惊吓,现场乱成一团。阿诺所在的外企以生产游艇配件闻名于行内,坐游艇出海举行小型厂庆是厂长的突发奇想，见此情形，悔不当初的厂长当机立断提前结束了庆典活动，要求大家清点人数，马上上岸，立刻打道回府。

落汤鸡似的阿诺陪着小女工坐上救护车到医院检查。阿诺这才发现，适才下水救人时，他未及宽衣脱鞋，此时衣服多处破裂渗血，可他还是要求医生先检查她，确认她毫发无损，他才长吁口气，放下心来。登记姓名电话时，阿诺才知道救上来的女工叫作罗丽莎，是他新带的十个实习生之一。由此看来，他这个师傅并不十分称职。

大专毕业，工作难找，阿诺千辛万苦才在家乡这个外资企业谋到一份工作。兢兢业业工作了几年，性情温良的他顺利升到了首席技工的位子。说是首席技工，其实也是打杂，除了车间里的活计，还要将手下不时更替的实习生的吃喝拉撒睡等生活琐事安排妥当。在这家效益良好的外资工厂，除却少数管理与技术精英，其余多是职校毕业的普通工人。工人们在校时多数无心学习，终日忙着恋爱游戏，浑浑噩噩混到毕业，找份工作平平淡淡打发一生，幸福指数倒不见得低于阿诺这个科班毕业生。

新工人往往懵懂，在老工人的带领下很快"开悟"，又都处在含苞待放的年龄，各种匪夷所思的状况皆有发生，令阿诺焦头烂额，因此除了记住个把特别出色与特别难缠的角色，其他工人对他而言都面目模糊。

厂庆过程出此意外，厂方自然要批评总结一番，却也不至于"上纲上线"，倒是对阿诺英勇救人的行为大大嘉奖。之后，生活依然如故。阿诺去派出所保释过聚众打架、好勇斗狠的男工，劝说过争风吃醋、剑拔弩张的女工，处理过小偷小摸、屡教不改的异类。在无所事事的夜晚，阿诺骑车回家的路上，望着灯红酒绿的街景，想起自己年近三十还一无所有，恋爱多次都无疾而终，常常怅然若失。

落水事件后，丽莎时常来找阿诺，有时要他帮助处理女工间的纠纷；有时让他帮忙寻找丢失在车间的手机；有时，央他陪着喝杯咖啡。他顾忌身份，本不想应约，但不知何故，每次她找上门来，他总乖乖就范。咖啡馆里，两人在卡座隔桌坐着，他看着她把配送的方糖用勺子捣成碎末。

阿诺望望那些白色的粉末，笑道："你有虐待狂倾向？"

丽莎答非所问："除了你，每个人都虐待过我。"

阿诺不知所措，只得沉默不语。

丽莎眨了眨眼，一双细长的妙目水波潋滟，令他不敢直视。丽莎说："师傅，我的命是你救的，你得对我负责到底。"

阿诺不懂自己要付何责任，料定只是小女孩故作姿态，并不以为然。后来，在她的要求下，他到她家中坐坐。他见过丽莎的父亲，一个早年丧偶、上城打工的淳朴男子，还有她那脸色憔悴、骨瘦如柴却手脚麻利、慈眉善目的继母。狭小的蜗居是租来的，却收拾得整整齐齐，唯有丽莎的房间脏乱不堪。继母赧颜解释道："丽莎不让人碰她房间里的东西。"说是房间，其实是从大厅隔出的狭长一条，只够放置一张单人床，床头打横一张书桌兼床头柜，一把椅子，如此巴掌大点空间无法再容纳一个成年人转身。

相处久了，阿诺得知丽莎还偷偷兼做第二职业——工厂对实习女工管理得较为宽松，丽莎便经常翘班出去贩卖点廉价服饰，收摊后跟阿诺一起吃饭、唱K、打电玩、看电影，要不就在街上游荡，幻想神奇邂逅，钓到高富帅，从此衣食无忧。

有时，阿诺会自掏腰包请丽莎吃饭玩乐，顺便讲些做人的道理。他是独生子，自小十分孤独，真心把她当做妹妹，希望她走上正途。她也不争论，只是嘻嘻哈哈打岔过去。如此几次，阿诺便不再自讨没趣。

可是，每当阿诺疏于与丽莎联络，她又会找上他，噘着嘴说道："师傅，你怎么不关心我了？"他大为尴尬，只得寻找借口，无非是工作忙、应酬多。丽莎讥诮道，她在厂里工作期间，从未见他参加过什么饭局，也没见他有几个朋友，他哪来的应酬？师傅关心徒弟天经地义，只要她一天还在厂里实习，关心她就是他的工作。

阿诺无言以对，认为她说得也不无道理。他自认笨嘴拙舌，不善应酬，能坐到今天的位子，全凭埋头苦干。如今他年届三十，除了工作，就是回家。日复一日，年复一年，如此到退休也就眨眼功夫吧，只是，生活圈子如此封闭，终身大事都无从解决，父母是老实巴交的退休工人，尽管为他忧心却也无计可施。

渐渐地，丽莎来找阿诺的次数愈加频繁，每次都喋喋不休地抱怨许久。她本是职校的走读生，在学校没有床位。因为嫌弃家里拥挤，她申请在厂里寄宿，可寄宿之后便抱怨宿舍吵闹——同屋女工们叽叽喳喳永无宁日；她又抱怨舍监变态，十二点准时关闭大门不说，一旦发觉有人私用电器便马上没收；她还抱怨质检人员苛刻，

发现产品有瑕疵就开单要求返工；翘班出门闲逛购物，又遇斤斤计较的店主，一点折扣都不肯相让……丽莎总结道："活着真没意思，没有一件事让人开心。"

阿诺又好气又好笑，道："但有勇气去死的毕竟是少数。"磨来磨去，末了，他答应丽莎去跟舍监说说，为她换间清净的宿舍。

来往久了，阿诺每次跟丽莎出门都担惊受怕，不知道她又会如何惹是生非。陪她到游戏城打打电玩，她非要与人争抢机位，对方当然不肯相让，她便摩拳擦掌、脏话连篇，连他都不禁掩耳，只好强行将她拉走了事；排队购买电影票，她非要插队、与人推搡，也是他代为道歉；丽莎学业水平糟糕，要求阿诺代做作业，他当然不愿，理论半天，她忽然掏出一把餐刀，放在手腕上，他只好乖乖就范，把作业完成。

长此以往，阿诺不禁发怒，救她一次就已足够，有何理由要照顾她一世？他自己的生活和心情又有谁来理会？可是，每次丽莎软语相求，他又不忍拒绝，仿佛中了魔咒一般，身不由己。不过，每次陪她疯完，他总会将她骂得体无完肤，她却不反驳、不吵闹、不表态，末了，轻轻说道："随你怎么说，只要不冷落我就好。"

丽莎的父亲好不容易找到一份推销保险的工作，从此经常出差在外。一个周末的夜晚，丽莎哭哭啼啼找到阿诺家里，说继母趁父亲不在家，把男朋友领回家过夜。被丽莎发现后，继母与男友一起将丽莎打出家门。

阿诺大惊失色，查看丽莎手臂，果然有几道伤痕，只是都在左臂。此事非同小可，阿诺仔细查问，见丽莎眼神闪烁、前言不搭后语，不由疑心大起。丽莎见他质疑，跑进浴室，找出一瓶洁厕灵，作势要喝下去，吓得阿诺的父母魂飞魄散。无奈，阿诺只得帮着丽莎拨通了罗父的电话。

罗家鸡飞狗跳、家无宁日了好一阵子，虽说最终水落石出，证实此事纯属虚构，但丽莎的继母还是坚决离去。阿诺许久都不敢面对罗父，仿佛自己是拆散其夫妇的帮凶。可是，丽莎当时将洁厕灵放在唇边，若是喝下去，可是肠穿腹烂之苦。况且，阿诺父母年纪大了，受不了这种惊吓。

无论如何，此事最终告一段落。不久，工厂开始缺工，严重影响产量。阿诺被厂里临时征调去厂办帮忙招工，直到将大批新工人安置妥当，他才惊觉，丽莎等实习生已离开工厂好一段时日。算算时间，丽莎应该已经正式毕业，毕业后的她音讯全无。

阿诺暗自庆幸自己终于"逃出生天"，他猜想社会将会教育丽莎成熟起来，令她收起所有不合常规的青春狂想，老老实实恋爱，本本分分做人。

"秋风秋雨愁煞人"，这个秋天阴雨连绵、滴答不绝。每个夜晚，阿诺都在雨声中难以入眠。每个新来的女工那饱满洁净的面容都会令他忆起丽莎：她慧黠的眼神、噘起的嘴唇、俏皮的表情渐渐清晰又逐渐淡去，仿佛一滴浓墨滴落进蓝天下的碧海，唯有她鲜艳的泳衣在浮光跃金的水面闪烁，宛若白日的焰火，绚烂而虚无。忽然，风起云涌、巨浪滔天。他不假思索，跳入海中，可已然不及。那跳

动的焰火被巨浪裹挟而去，渐行渐远。

蓦然惊醒，阿诺大汗淋漓、呼吸散乱。他明知这只是南柯一梦，却依然心痛难当。

再次见到丽莎，已是来年春天。她宛若雨后春笋长高不少，卡通人物般的圆脸消瘦了几分，显得别有韵致，一头长发飘在腰际，仿佛晚风中的莲花，楚楚动人。丽莎站在工厂大门的拐角处等待阿诺，见他推着自行车走来，便欢叫着跑近，挽住他的胳膊。阿诺赶紧松手，四下看看，确定无人，才与她并排前行。

丽莎照例唧唧喳喳像只麻雀，诉说着几个月来的种种。她不愿受人束缚，于是正式摆了个摊位，贩卖廉价的化妆品，同时开了个网店，赚点小钱的同时还可打发时间。

对于生意，丽莎照例不会有多大兴趣，日子过得平淡乏味，时时想找点乐子。上个月，有个男孩追求丽莎，可不久那个男孩便提出了分手。丽莎说，她并不喜欢这个男孩，只是恋爱期间，两人约会多是丽莎付账，就这样散伙，她不甘心。

阿诺苦笑道："你来找我，就是为了让我替你出头？那你找错人了。"

丽莎说："花销的数额不多，可到底是我的血汗钱，凭什么便宜了那个王八蛋。"

"要回钱这事我干不了，你另请高明吧。"

丽莎不再开口，在随身携带的小包包里翻了半天，摸出一盒女士烟，点燃，吸了一口。接着，她调转烟头，缓缓凑近自己的手臂。

阿诺眼疾手快，将烟头拍落，一脚踩灭，接着，长叹了一口气："你赢了！"

事情比想象中顺利，男孩并非不讲道理之辈。阿诺以丽莎师傅的身份找到他，才一开口提出要求，男孩便摸出五百元，赧颜道："我只有这么多，不够以后再补。"

阿诺没有为难他，收下钱便让他离去。

见男孩走远，丽莎才从暗处现身，走到阿诺身边，接过钱，轻轻地挽住他，这次他没再拒绝。

为了让丽莎开心，为了让她不再伤害自己，阿诺已经无法自控。在失眠的夜里，他常常想念这个将他生活搅乱的女孩，不由心乱如麻。或许，她是他命中的魔星、运中的劫数，他的宿命便是不停地纵容她再维护她，周而复始。他暗暗祈祷这个游戏不要无法收场。

由于阿诺的纵容，丽莎愈发肆无忌惮。在酒店吃饭，她故意吃霸王餐，拉着他在买单前开溜。她镇定自若地挽住他的胳膊从服务员眼皮底下大摇大摆地走出店堂，往往出门之后他才发觉，衣衫早已被汗水浸湿。

有一次，丽莎带着阿诺去游乐城溜冰，她想将租来的冰鞋占为己有，硬是一手抱着两人的便鞋，一手拖着阿诺从电梯上滑下，又滑过了一个街口，穿过车水马龙，才摆脱了工作人员的追赶。阿诺的溜冰技术并不高明，一路上险象环生，差点要了他的小命。

阿诺开始质疑自己的身份。上班时间，他是首席技工，是众多徒弟的师傅，循规蹈矩、克勤克俭；下班之后，他换上便服，跟着

丽莎到处疯玩，不时干些离经叛道的事。她得逞之后，又笑又闹，他居然也能体会到一丝莫名的快感。他并非毫无隐忧，上的山多终遇虎，总有东窗事发的一天。他已年过而立，没法开脱，他会成为小城里的反面教材，在大家舌尖上辗转，任何一个正经人家的女孩都不会再与他来往。

父母听闻一点风声，曾经隐晦地提醒阿诺，丽莎自小没有亲生母亲管教约束，况且年少还未定性，阿诺和她各方面差距太大，如果不是以结婚为目的，最好不要走得太近。

阿诺觉得老人迂腐可笑，便玩笑道："虽然现在社会上流行大叔和小萝莉之恋，但是我自问取向正常，还不至于把手伸向祖国的花朵。"

待到日后，阿诺才懂得自己的年少轻狂，而父母并非危言耸听。

那天是阿诺生日，丽莎嚷嚷着为他庆生，又是吹蜡烛又是许愿闹到深更半夜，小萝莉还不尽兴，吵闹着去酒吧消遣，玩到凌晨，阿诺将烂醉如泥的丽莎送回她家。罗父出差去了，家中无人，阿诺丽莎扶进卧室，原本醉意朦胧的丽莎忽然清醒过来，一把搂住阿诺，他猝不及防失去了平衡……

如此一来，阿诺更加无法脱身，但他认为这也未必是件坏事，至少从此，他对丽莎终生负责的同时也摆脱了光棍的境遇。自此，丽莎对他变本加厉，吃喝玩乐、购物旅游，一切皆由他花销。不知不觉，他的业余时间和精力都被丽莎占满，他的工资收入全都花在她的身上，他所有的心思都用来讨她欢心。久而久之，本来就为数不多的朋友不再约他吃饭、打牌,亲友也都许久不再来往,即使是父母也不过是偶尔一起看看新闻。

但是,即便如此,丽莎似乎还是不能满足。吃饭喝酒唱K观影,这些寻常的消遣她都嫌不够刺激。每当在酒吧厮混到半夜,阿诺发觉,在那群把头发染得五颜六色,身着千奇百怪服饰的年轻人中间,自己是年纪最大最老土的一个。

有一天,丽莎告诉阿诺,有人又给罗父介绍了一个对象,对方是个带着孩子的幼儿教师,似乎跟父亲十分合拍,已经到了谈婚论嫁的地步。丽莎说:"都一把年纪了,还那么风骚,引来个母的不算,还带个拖油瓶。"

阿诺说:"他是你的父亲,难道你不希望他得到幸福?"

丽莎尖叫道:"他幸福了,那么我呢?我告诉你,我就是见不得他幸福!"

阿诺以为丽莎只是不愿有人抢走自己的父亲,便搜肠刮肚寻找着安慰她的言辞。

丽莎继续道:"你赶紧帮我想个办法把那个女人赶走,否则大家都没好日子过。"

见阿诺还是沉默,丽莎不由火冒三丈:"你们男人都不是东西,为了自己快活,根本不顾别人的感受。"

阿诺解释道,上次的事件,已经间接破坏了她父亲的姻缘,他不能一错再错。

丽莎冷笑道:"你少装蒜,你也不是什么正人君子。别逼得我

去警察那里把你那些见不得人的事都抖出来。"

阿诺一愣,随即乐道:"我跟你那些胡闹,最多触犯治安管理条例,警察都懒得处理。"

丽莎郑重其事地盯着他看,看得他心里直发毛:"实话告诉你,你生日那天,我还不满十六岁……"

阿诺一下愣住,随后笑道:"开什么玩笑,职校毕业都快满一年了,怎么可能还未成年?"

丽莎点点头,说:"我从来没有告诉过你,我还有个姐姐。"

阿诺有些糊涂,不太明白这两件事情之间的关联。

丽莎幽幽地说:"我老家在最最偏远的山区。我妈妈生下我不久,不愿在家里受穷,抱着四岁的姐姐跑了。过了几年,爹带着我离开农村,到县城后娶了继母,嫌我在家碍事,就打发我顶了姐姐的户籍早早上了学——当然,我的个头从小就比别的孩子高。在我老家,五岁就可以上五年制小学,所以到你生日那天,我还差几天才满十六周岁。"

阿诺觉得不可思议,但直觉告诉他,丽莎说的是真话。

丽莎继续说道:"我的出生证明还在,只要去老家的派出所调出来就行。忘了告诉你,我本名叫罗招弟,丽莎是我进城后自己改的名字。"

阿诺彻底哑然,他忽然上下摸索,半天也未找到香烟。丽莎掏出一包,随手扔给他。他哆哆嗦嗦地点燃,猛吸了几口。

阿诺最终还是去拜访了那位即将成为丽莎继母的幼儿教师。他并未多言,只是将丽莎前任继母的故事讲述了一遍。对方静待他讲完,道声感谢,从此销声匿迹。

阿诺回去向丽莎复命,丽莎搂住他亲了又亲,欢天喜地的表情天真无邪。阿诺却寂然无语。曾经,他真的很想和丽莎天长地久。她的骄纵、无理、贪玩……或许都可以用年少无知来解释。等到组成家庭,有了孩子,她终究会改变,会成熟。只要自己有足够的耐心,付出足够的爱,一切都不是问题。

现在看来,年少无知的恰恰是阿诺自己。梦境里,白日的焰火依然如影随形,他浸泡在冰冷的海水中,企图靠它近点,再近一点。他欣喜若狂地伸出手去,它却渐行渐远,唯有指尖的灼痛,久久不能散去。

没过几天,丽莎再次找上门来。罗父业绩不佳,保险公司因此没再跟他续聘。丽莎气愤不过,计划报复罗父的上级陈经理,她要求阿诺放火烧掉陈经理住的别墅。阿诺又好气又好笑,陈经理并无过错,再说故意纵火是刑事案件,警察会立案侦查,很快就会查到丽莎。

"你跟那陈经理没有牵连,你去放火最合适。"丽莎一本正经道。丽莎还说,她学着电影里的情节,在超市购买了几桶高度白酒,等到夜深人静,他只需乔装打扮,就可行事。

丽莎还在滔滔不绝述说她的"宏图大计",阿诺盯着她上下翕动的嘴唇,忽然很想狠狠给她一个耳光。如果说,从前的荒唐行径只是小奸小坏,那么纵火行凶则是丧尽天良。是否只为她的片刻欢愉,他便得从此恶贯满盈、万劫不复？

丽莎常常用他生日那天的无心之失要挟于他，他索性向她摊牌，尽管去告吧，作为男人，他敢作敢当。

从此以后，阿诺再也不理丽莎，不接电话不回短信，与家人商量搬迁，并且计划更换工作。丽莎不依不饶、死缠烂打，他苦思冥想，也无法想出彻底了断的办法。除非将她杀死？杀人偿命，他也脱不了干系。早知今日何必当初，奋不顾身将她救起，难道就是为了了断这段孽缘？

丽莎并没有告发阿诺，只是四处寻找，到处吵闹。阿诺换了工作、也换了手机号码，搬家之后，与从前的邻居、同事不再往来，慢慢便失去了丽莎的消息。

过了两年，阿诺与一位新来的女同事谈起了恋爱，不久便打算谈婚论嫁。生活虽然乏味单调，但新的目标令他感到快乐和满足，从前夜夜困扰他的梦魇也逐渐消散。

又过了一年，某天上午，阿诺带着新婚妻子去医院做产检。妻子怕他无聊，兀自上楼排队，留他在一楼大厅休息。忽然，有个年轻的妈妈带着孩子坐到阿诺的身边。阿诺诧异地从手机上挪开视线，不由屏住了呼吸。她是丽莎！

丽莎比以往丰润了不少，一头长发挽在脑后。她略施粉黛，美目顾盼生姿，风韵更胜从前。她怀中的小女孩粉妆玉琢、十分可爱。

丽莎笑道："好久不见，你现在哪里工作？"

阿诺斟酌了半响，不知是否该如实告知。

丽莎看透了阿诺的心思，斜睨了他一眼："放心，我不会再缠着你。"说着，抱起小女孩，推到他面前："宝宝，叫爸爸！"

阿诺的脑中"嗡"的一声，思维凝固了一般不再转动。

丽莎戏谑道："别怕，我不会赖上你。不过，她的确是你的女儿，你当年失踪时，我肚里已有了她……今天，我带她来检查牙齿。"

阿诺并不知道，女儿就出生在这个医院。当年，"落跑"的阿诺固然令丽莎伤心气愤，却都远不及发现新生命的慌乱和震惊。在久寻阿诺未果后，丽莎嚎哭过、吵闹过，哀叹自己再次被抛弃的命运，她甚至试图结束生命，幸亏被罗父阻止。泪流满面的罗父这时才不得不告诉女儿，她的命是她母亲用自己的命换来的，哪能轻易放弃？！其实丽莎的母亲并未弃她而去。当年罗母难产，罗父又不在家。接生婆问"保大还是保小"，挣扎在血泊中的罗母坚决要求保住孩子。拼着性命生下丽莎之后便撒手人寰。临终前，罗母留下话，孩子长大后一定要孝顺、有出息，这样，她在地下才会安心。后来，忙于生计的罗父难以照顾两个女儿，只好将大女儿过继给族人，又让丽莎冒用姐姐的户籍进城读书，自己则在城里四处打工挣钱，维持生计。没过多久还娶了贤惠的老婆来照料丽莎。后来为了让丽莎高兴，以致老婆负气同他离婚时他都没挽留。而罗父编造关于丽莎生母的善意谎话，只是不想让丽莎对亡母心存愧疚与念想。得知真相的丽莎对自己曾经的自私任性与虚度青春追悔不已！她此时才真正感觉腹中的小生命就像一根幼细的丝线连接着她与从未谋面却为她而死的母亲。母亲给了她生命，而孩子是命运交托给她的不可抗

拒的爱与责任。丽莎决定好好活着、好好做人，生下孩子悉心教育、培养成才，以告慰亡母的在天之灵。不久，她还千方百计为父亲找回了继母，被感动的继母照顾她生下了孩子。

丽莎的眼中泪光盈盈，颤抖的声调掀起阿诺心中的惊涛骇浪。隔着时光和身份的缺位，深觉惭愧的他无法想象当年跋扈任性的丽莎如何独自面对残局，又是如何将孩子抚养至今的，而她沉静又忧伤到几乎虚无的眼神令这匪夷所思的一切仿佛是在听别人的故事。

"过去，我忽视了身边所有的爱，尤其是你的。幸好，我有家人，还有孩子……"丽莎喃喃地说。

阿诺控制着自己不至于跌落在她深潭似的眼底。他转头端详着女儿，她长得与他十分相像，但顾盼之间灵动敏锐，绝不似他那般木讷胆怯。正待仔细相询，妻子已慢慢走近，阿诺正苦恼该如何解释，丽莎旋即抱着女儿起身离去。他很想留住丽莎，问问她们母女的近况，他还想留下丽莎的联系方式，以便再次探望自己的女儿，却始终没有勇气，只好眼睁睁地看着丽莎抱着女儿消失在医院熙攘的人群中。

之后的日子平淡而缓慢，阿诺一直幻想丽莎会带着女儿出现在他面前，让他做一些补偿，但他再也没有见到过她们。

午夜梦回，灵动的白日焰火偶尔又会在阿诺梦中闪回，那些荒诞不经、惊悚刺激的往事成为他水波不兴的一生中唯一的点缀。

"丽莎！"他在心里轻轻地唤道。

逃

逃

"逃了、逃了！抓住它！"

伴随着惊惶失措的叫喊，从竹篓里"越狱"的螃蟹奋力爬过满地的行李和人腿，英勇无畏地向阿龙这边逃窜而来。阿龙站在原地，向唤他帮忙的对方摊摊双手，表示无能为力，而事实上，他只需一弯腰，就触手可及。

这是一列开往蓁城的火车，享受完毕春节假期的打工男女们带着新增的脂肪、老家的特产、臃肿的行李将每节车厢挤成沙丁鱼罐头。坐惯春运长途车的人们或坐或卧，把玩着各自的智能手机，在行李和人体构筑的逼仄空间里争分夺秒地自娱自乐。阿龙见了很是眼馋，他计划打工挣到钱后第一件事就是买部智能手机。

在阿龙的老家，打工归来的青年男女几乎人手一部智能手机，可以打游戏、看电视剧，还能发微信。他曾央求老爸给自己买一部，却被老爸粗暴地拒绝。老爸总说："人家不过高中毕业，你可是要

念大学的。你把书读好,将来什么都会有。"阿龙生老爸的气,也生自己的气——要知道这群"衣锦还乡""脱胎换骨"的打工男女在进城之前,跟阿龙一样,不过是灰头土脸的学生仔。其实,光鲜的服饰只是其次,自由,才是眼下的阿龙最为渴望的东西。

早在螃蟹初"杀出"装满同类的草篓时,阿龙便已经瞧见,可不知为何,他没有吱声,反而对此饶有兴味。在阿龙家乡的稻田里,螃蟹扮演的角色并不光彩——他们在稻田里横行霸道,祸害庄稼,时常遭到农民的驱逐。可即便如此,对螃蟹而言,自由自在的生活也远胜草篓的束缚。在阿龙看来,自己就是被束缚的螃蟹,痛苦挣扎在学校和家庭之间。在农村,阿龙的家境并不糟糕,尽管阿龙娘因为儿时吃错药有些痴呆,爷爷又卧病在床,可阿龙爸是村里的手艺人,收入不错。望子成龙的阿龙爸放出话来,自己就是吃了没文化的亏,才被困在农村,如今砸锅卖铁也要供阿龙上学出头。为此,阿龙爸割了两斤肉、背了十斤米,将阿龙托付给在乡里中学教书的远亲梁老师。在学校,阿龙始终被梁老师的目光拴着;在家里,成绩稍稍下滑的阿龙,动辄就会遭到脾气暴躁的老爸的一顿暴打。老爸的殷切希望和老师的谆谆教诲对青春躁动的阿龙而言不啻为一种枷锁,渴望自由的他屡次想法逃脱。他尝试过躲在同学家中,或是逃进野外的稻草跺弄里,却总是逃不出老师和父亲的"五指山"。久而久之,阿龙的内心长满了野草,只需星星之火就会熊熊燃烧。他终于决定不再小打小闹,进城打工的念头萌生之后便愈发坚定。原本单纯的阿龙为此"预谋"了很久,他别有心计地省下伙食费,偷偷攒下了几百元钱，加上春节的压岁钱，算是一笔"巨款"。开学之前，阿龙给老爸留下张条子，坐着绿皮火车进了城——去年，阿龙跟着梁老师进城参加初中作文比赛，买火车票可难不倒他。

阿龙从未坐过长途火车，在最初的新鲜感过去之后，车窗玻璃里映出他凄惶又倦怠的面容。十几个小时的旅程疲惫和无聊，唯有那只不甘摆布又不走寻常路的螃蟹，带给时而亢奋时而沮丧的阿龙一点鼓舞和安慰。遗憾的是，阿龙并未等到这段小插曲的结局，蓁城站就到了，他被人群裹挟着出了站。

全新的环境潮汐一样卷走了阿龙离乡背井的忐忑和忧伤。进城后的阿龙发现，仅会干点农活儿的他一没技术二没学历，只能靠端盘子、扫地、洗脚按摩为生——村里没啥文化的乡亲进城后操持的最常见的活计，老家人提起来脸上就没了光彩。可即便是这些门槛低的活计，阿龙也干不长久，他不是嫌累嫌脏，就是跟客人吵架。阿龙的脾气就像脸上刚冒出来的胡茬——扎人、生硬。几个月过去，阿龙没有积攒下一分钱，始终挣扎在盲流与无业游民的边缘，不安定地浮游在蓁城。即将"山穷水尽"的阿龙只好去投奔在蓁城打工十几年的姑妈——之前，阿龙担心姑妈向老爸"告密"，暴露自己的行踪，一直独自"死扛"，可如今，走投无路的困窘让阿龙向现实低下了头。据说，姑妈为一家大厂服务，厂子效益很好。阿龙盘算，自己如能进姑妈所在的正式工厂工作，一定能多赚钱、活儿又轻省。

见到被工友带来的阿龙，姑妈尽管吃惊，可还是收容了他。背地里，姑妈悄悄跟阿龙爸通过电话，老头子知道儿子倔强，私心认为让他自己闯闯也好，兴许碰了壁，才会懂事。姑妈得到阿龙爸的默许，便将阿龙带进厂区。她拿着一张捡来的身份证——身份证的主人已经年满16周岁，打算为他谋个工作。厂区灰扑扑的色彩并不如阿龙在电视上惯见的那般气派漂亮，可成片成片的高大厂房还是令见惯了乡野农舍的他大开眼界。厂房中间是整齐划一的宽敞道路，三三两两行走着的多数是女工，男工很少见。姑妈介绍说，在厂里，女工比男工"吃香"，可像姑妈这样四十多岁的老员工还是凤毛麟角。若不是如今工厂普遍缺工，放宽了女工的年龄限制，姑妈是万万不可能被留下的。

在姑妈的宿舍放好行李，阿龙跟着姑妈去见主管。姑妈说，主管刚进厂时，曾经跟着她学习过几天，算是她徒弟，不会不给她面子。阿龙闻言略略放下心来。

女主管三十岁左右，身穿挺括的制服，梳着齐整又老气的发髻，化着淡妆的脸表情严肃。她翻看着阿龙的身份证明，瞥一眼他毛茸茸的下巴，问："你怎么初中都没毕业就进城打工？"

阿龙一惊，不知该如何回答，连忙望向姑妈。姑妈用眼神鼓励他，他只好硬硬头皮说："家里穷——"

主管斜睨阿龙，又看一眼姑妈，收回视线后淡淡地说："你学历不够，就算经过培训，一时半会儿也很难做好活计。我建议你回家读几年书再打工。"

阿龙沉不住气，立刻火烧火燎地望姑妈，姑妈会意，插嘴道："主管，大侄子跟我出来，没赚到钱就让他回去，给乡亲父老瞧见多不好，还以为我亏待了他。"

主管抿了下嘴唇,客气地说:"他实在想打工,厂子外面有得是不需要文化的工种——"

姑妈不等主管说完,赶紧截住她的话头,急吼吼地说:"主管,我家侄子不干那些活儿!他爸特意交代过的。"姑妈似乎意识到自己的态度不妥,马上缓和语气,用商量的口吻说,"咱厂子春节前就嚷着缺工,过完年,不少工人都没回来。我看,就算等到国庆节也招不满工人。你看,能不能通融一下。"

主管认真看了看姑妈,不知是情面难却,还是被姑妈的后半句话打动,叹口气,终于松了口:"先让他参加培训。我丑话可说在前头,通不过考试,可不能上工。到时候,不要怪我。"

"那是,那是!"姑妈千恩万谢,又要阿龙鞠躬谢过主管,才拉着阿龙一溜烟走了。

上工前的培训设在车间,流程并不复杂。熟练的老员工讲解完毕机器原理和操作技巧,剩下大量时间都由学员自行练习。与阿龙一同参与培训的学员,多数都是职校毕业生——由工厂到定点职校招聘。他们听课十分轻松,上手也快。而阿龙却常常半懂不懂,机器线路和操作图谱都让他"头大"。幸好工友们耐心,不时帮助阿龙,他就在大家的指点中浮皮潦草地半工半学下去。

车间里的工作节奏,看似与日出而作、日落而息的农活儿无甚差别。煞白雪亮的日光灯下,到处摆放着堆叠的电子线路板,各色导线将阿龙的头脑纠结成一团乱麻。离阿龙不远处,一排排女工站在长条工作桌前,宽大而整齐的工装下,灰黄的面孔失去了辨识性。

她们灵巧的手指上下翻飞,麻利地翻检着电子元件,动作准确而迅捷。在这里,自然与阳光,雀鸟的啁啾和鼻端田野的芬芳仿佛是另一个世界的产物。

阿龙使劲吸一口带着辛辣焦糊味的空气,将身体贴近桌子,努力让自己投入活计。细小、脆弱的电子元件,在阿龙粗大的手里嘎嘎作响,不间断的机械动作令阿龙的思绪逐渐模糊继而漂远——他想起家里的老爸。阿龙爸忙乎了一天后,还得佝偻着酸痛的腰板,照顾痴呆的阿龙妈和瘫痪的老爷爷。要是阿龙妈发病起来,老爸要用绳子将她使劲拴在炕上……还有家里的猪和羊……

啊!阿龙杀猪似的惨叫着,鲜血淋漓的手指感受到的痛楚将他唤回现实。

师傅的粗喉咙发出一声暴喝:"37号,我讲过多少遍,开工不能走神,否则机器分分秒秒报复你们——不是出次品,就是断手断指!

师傅絮叨着伸出那双布满老茧和伤痕的糙手,它们千疮百孔的惨状令阿龙暂时忘了疼痛。他突然记起了父亲的手,它们如同师傅的一样像树枝、像棍子,尽管变了形状,但至少是齐全的,而完整的双手代表着秩序和自律,也意味着责任和担当。阿龙不禁低下头端详起自己的手,伤口和鲜血难掩它们曾被仔细呵护过的细致,在眼下粗陋的环境中显得如此突兀。阿龙无来由地感到一阵悲戚:这野马般不甘束缚的"娇嫩"双手不知要经受多少蚀心之痛和艰苦磨炼,才能成为一双男人的手,真正撑起自己,担起一个家庭。

投奔姑妈后,阿龙才真正了解到姑妈的辛劳——每天工作十八个小时，周末经常要加班。在车间，姑侄俩几乎没有机会碰面。偶尔，阿龙外出宵夜归来的夜晚，倒是在宿舍外碰见过姑妈几次。她浑身油污，与阿龙简单打个招呼，便进门倒头就睡。反倒是尚在培训期的阿龙有点空闲。

　　进厂一个礼拜，阿龙渐渐看懂了工厂的"金字塔"分层，他惊异地发现，在老家人眼中了不起的姑妈处于"金字塔"基数最大的底层，而三年小学的文化使得姑妈即便操劳到老也不过是个普工；不出意外的话，中学以上文化的普工最多能晋升为拉长和主管；职校生则能胜任稍微高级一点的工种，最重要的是，他们成为主管很容易，而职校生成为中层、进入办公室当文员的机会也更多；如果是大学甚至更高学历的毕业生，可以直接进入办公室搞技术或者管理层，只需要到车间来轮转三个月，熟悉一下环境就好。至于董事长和总经理这一级别的高层，就不是普通工人能够了解的。但想来，他们的学问都不浅，否则怎么能管理这么大的厂子？这些，都是阿龙留心听工友们的议论得出的结论。每听一遍，阿龙心中的悔意便多一分——为自己的轻率和浮躁。不过，如今后悔也无济于事。偶尔，阿龙会幻想一下自己衣冠楚楚的模样，就像主管那样——虽然主管多数时间只能待在车间，可比起一般工人，她整齐体面得多。而眼下，他是否能成为普工还是个未知数。

　　进城两个礼拜后，姑妈深觉自己未能尽地主之谊，十分内疚，便主动在礼拜天的下午，约阿龙到城里逛逛。姑妈向主管请假时，主管很是不悦，说："工时那么紧，你不干活儿，我叫谁来顶替？"

阿龙怵主管,想要退缩。姑妈却私下对他说:"我怕她?"阿龙看得出,姑妈只是嘴硬,心里到底惧怕主管三分。而主管的体恤更多是一种管理手段,骨子里仍是居高临下。磨来磨去,姑妈终于如期带着忐忑的阿龙出了工厂。

城市如此繁华,阿龙目不暇接。姑妈上下打量阿龙,见阿龙依然穿着老家带来的棉袄,土气不说,还不耐寒。姑妈说:"阿龙,我们去逛服装城,你要换身行头!"阿龙非常愿意跟着姑妈去见世面,连忙点头不迭。

服装城是个几层楼高的商场,卖服装的小店集聚在此,价廉物美,适合平民消费。一进门,阿龙只见穿着时尚的红男绿女川流不息。做服装生意的多是女性,老板娘们一律顶着一头五颜六色的"鸡窝",化着亮瞎路人双眼的浓妆,身着各式各样的奇装异服,迎来送往的姿态比厂里的主管更加神气!

阿龙跟着姑妈从服装城的东头走到服装城的西头"看稀奇",先前的亢奋过去,慢慢觉出不对劲。人们对他很是冷漠,全然没有乡亲和工友那份热情。阿龙选衣服,东看西看,这也喜欢那也中意,可一问价格,青春期特有的公鸭嗓就凭空响起来:"啊,什么衣服要两千多块钱!老爸给村里人做木工,半年都见不到三千元。"人们的目光立刻从四面八方射来,姑妈急忙捂住他嘴,低语道:"别大惊小怪,城里的衣服是贵!"

被捂嘴的阿龙瞬间觉察出自己的渺小。

"放心吧,羽绒服价钱便宜,咱们买得起。"姑妈安慰他道。姑

妈陪着阿龙走遍整个服装城,找到一件最便宜的羽绒服。然而,它打折后的价格是一百五十元——几乎是姑妈一天的工钱。姑妈瞅瞅阿龙,阿龙望望姑妈,姑妈身上还穿着工装!阿龙知道,姑妈家也不富裕,拿不出这钱,而阿龙身上的钱,除了买车票和一些生活必需品的钱,早就花得差不多了。一文钱难死英雄汉,阿龙默默无言地望着那件羽绒服,又轻又软的羽绒服就像天边的云彩。唉,买不起,就摸摸吧。阿龙伸出手,一遍遍地抚摸着羽绒服,心里颇不是滋味。

老板娘一言不发地走过来,将羽绒服从阿龙手里硬扯过来,又将被他弄乱的衣架整理好,才冷冷地撂下一句:"买不起就别摸,弄脏了你赔不起。"

阿龙生气了:"谁说我们买不起?"

老板娘不动声色:"我又没说你。"

阿龙火了,梗着脖子说:"别小看人,我们就买一件让你瞧瞧!"

姑妈急了,连连咂舌,拉住阿龙带着哭腔说:"别置这口气,我们走吧!这地方,本不是我们该来的。"

阿龙涨红脸,吼道:"我不服气!等我发了财,把这里都买下来。

当然,发财是以后的事。眼下的阿龙望着表情苦涩的姑妈,鼻子酸酸的。他不愿为难姑妈,也不想再难为自己:"算了算了,我们吃饭去。"

"好,我们走!姑妈请你吃大闸蟹去。"姑妈没舍得给阿龙买衣服,有些过意不去,"现在正是吃蟹的季节,城里流行吃大闸蟹!姑妈没发财,可请你吃蟹还是行的。" 姑妈边领路边说:"咱们老板经常请客人去大饭店吃正宗的大闸蟹，那是身份的象征。在大饭店，一对青毛金爪白肚的螃蟹差不多一两百元。"

　　一两百元？阿龙像在听天书。一两百元足够他全家一个月的开销，除了日常生活费，还能包下阿龙妈和爷爷的医药费。当然，这些开支都落在阿龙爸头上，他还得负担阿龙的学杂费。唉，原来老爸这么不容易。不过，话说回来，老爸赚那点钱，在城里还不够买几只螃蟹。老家的沟渠里，也有螃蟹，自由自在地戏水游玩，压根儿没人去抓来吃。难怪火车上那人带着一篓蟹进城，逃了一只心疼得像割肉，敢情是拿来卖钱的。

　　服装城后面是小吃一条街，不少店铺门口放着水箱，里头爬着张牙舞爪的螃蟹，价格很亲民，从十几元到几十元一对不等。可就这价格，足以令阿龙掌心冒汗，脚下发软。要知道，工厂食堂一顿午饭才五元钱。

　　阿龙跟随姑妈在一家大排档坐下，一边放着几只泡沫箱，大小不等的螃蟹在里头吐着白沫。

　　"今天我们开开洋荤。"姑妈豪爽地招来服务员，"给我们上两只最大的公蟹。再上一碟花生米，凉拌一盘黄瓜。"

　　服务员斜眼盯着阿龙的棉袄，一边在电子计算机上按几下："两只公蟹三十块钱，加上花生米和黄瓜，一共五十块。米饭两块钱一碗，要几碗？"

　　阿龙一听价格，把头摇得像拨浪鼓："不要不要，我们不吃螃蟹，来两碗面就行了。阳春面多少钱一碗？"

分手吧,罗拉

　　姑妈连忙坚持说她请客,让阿龙别客气。而阿龙则固执地要求退掉螃蟹。

　　服务员似乎见惯了这种场面,挂着轻蔑的笑容朝着最里头的泡沫箱努努嘴,介绍说箱子里有些不值钱的小螃蟹,做成面拖蟹,只收十二块钱。

　　阿龙不等姑妈说话,立刻说:"行,再来两碗饭,其他菜不要。"

　　小螃蟹在箱里嘎吱嘎吱爬,像是知道自己即将被大快朵颐,却仍在为生存作最后的挣扎。转眼间,就有两只小螃蟹爬出了泡沫箱。

　　"逮到你们,正好煮了。"服务员一把抓住两只"越狱"的小螃蟹,向后厨走去。

　　阿龙忽然记起火车上那只螃蟹,不知它逃脱与否。可即便逃脱,恐怕也走不远。这些在乡下沟渠里横行霸道的霸王,不愿接受束缚,离开了适宜生存的水土,居然落得这副下场。阿龙顿觉几分伤感。

　　姑妈像是看透了阿龙的心思,笑着说:"螃蟹空有股蛮劲没用!其实这人哪,跟螃蟹差不多,千万不能不自量力。"

　　饭菜很快被端上来,姑妈只吃了一只蟹脚,便推说不饿。阿龙用牙签细细地将蟹肉剔出,又将面拖蟹的酱汁浇在米饭上,瞬间将剩下的饭菜消灭得干干净净。他摸着肚子,打了个饱嗝说:"姑妈,城里大闸蟹的味道就是不一样。"

　　快乐的时刻总是短暂,"见过世面"的阿龙跟着姑妈一回到工厂,日子便恢复了以往的秩序。过了几天,厂里接到紧急订单,因为人手不足,阿龙等还未完成培训的实习工人被调派到车间里参加生产。厂里统一发放了工作服、防尘帽、胶皮鞋和劳动手套。阿龙终于换下了肮脏得变了色的棉袄,他为此欣喜若狂——没料到自己这么容易便成了普工,可以开始赚钱养家。阿龙计划着,先买手机,再给老爸、老妈和爷爷各买一身衣服——老爸已经好多年没有添置新衣。不对,手机晚点再买,先给老爸买衣服!老妈和爷爷成天在家,用不着穿新衣。哦,不,还是先买些好吃的带回家——

普工的活计单调又无聊,阿龙每天做活儿时便沉浸在自己美梦中:一张张人民币在空中猎猎飘扬,逐渐堆成小山,支撑起他那个残破不堪的家庭。

"这批零件是谁做的?"一个尖利的声音将阿龙的思绪拽回车间。

阿龙定了定神,望着从天而降的质检员,半天才反应过来,期期艾艾地回答:"是、是我做的。"

"你做的?"质检员的脸被口罩捂住,看不见表情,可她严厉的目光照常从口罩上方秒杀阿龙,"次品率百分之五十!你干什么吃的?经过上岗培训没有?"

阿龙躲着质检员眼里射出的"利剑",他的目光像惊惶失措的兔子在车间里左冲右突,寻找着师傅的身影。糟了,师傅不在,可能去洗手间了。

"我问你话呢!不合格率这么高!你们到底有没有经过培训!"

"没、啊,有!"阿龙吞吞吐吐,"没有培训完。"

"那他们呢?他们有没有通过考试?"

阿龙摇摇头,脸红得像煮熟的大闸蟹。

"我要跟上面汇报!"质检员怒气冲冲地拂袖而去。

主管为了此事被上级批评了一顿,还被罚一个月的奖金。上级

勒令主管停止使用这批工人，货品由老员工加班加点按期完成。主管暴跳如雷，将姑妈痛骂一顿，要求她立刻把闯祸的阿龙带走。

姑妈对阿龙不无抱怨："你这孩子为啥这么实诚，你跟质检员说实话做啥？"话虽如此，姑妈还是努力为阿龙寻找着出路，计划托人将他介绍到别的厂子工作。

阿龙却拒绝了姑妈，他对自己给姑妈造成的麻烦表示歉疚，同时也表示自己打算回家。一起培训的工友们倒是并未抱怨阿龙，反而一起挽留阿龙，但阿龙去意已绝。

姑妈对阿龙的决定并不理解，她劝说道："孩子，在外打工受到挫折是难免的，你不用泄气。大不了，到了新的工厂再培训一次。"

阿龙把头摇得像拨浪鼓："不！姑妈，厂里的培训我就像听天书，只晓得死记硬背。我干活儿就像蒙眼的毛驴，根本不晓得在干些啥，所以才会不断出次品。即使再给我机会培训一次，结果也一样。唉，我现在明白了，没有文化，什么都做不好，到哪里都是死蟹一只。"他握住姑妈粗糙的手，坚决地说，"我这次回去，打算回学校学习。"

姑妈望着阿龙，他那双原本鲁直莽撞的眼睛仿佛注入了新的光亮，触动了姑妈那颗苍老而麻木的心。

"闲时，我会去田里捕蟹，拿去镇上卖掉补贴家用。"

"好孩子，你终于懂事了。" 姑妈拍拍阿龙的手背，哽咽着说不出话来。

阿龙笑了笑，背上简单的行李踏上了回家的火车。汽笛声响，火车缓缓启动，逐渐加速，飞快地奔向阳光灿烂的远方。

摆 摊

摆 摊

阿芬接到医院的电话正是四月一日,这突如其来的消息更像是愚人节的玩笑——她无法想象牛一般健壮的丈夫阿发会跟医院扯上关系。后来,她听交警说,阿发被撞伤的现场是个小巷,没有监控。肇事车逃逸,是路人将阿发送进了医院。

阿芬在厂里打工,儿子才三岁,早年丧夫的婆婆常年卧病在床。所以,阿发不能倒下!当汽修工的他是这个四口之家的顶梁柱。可是,找不到肇事者,医院费只能自己垫付,阿芬手头却没几个钱。夫妻俩的工友们听说后纷纷赶来捐钱,千八百地积少成多,总算应付了眼前的难关。无奈,阿发伤势太重,一时好一时坏地挺了个把月,还是撒手去了。

阿发生前颇有志气,咬紧牙关用并不强壮的肩膀担起一个穷家,不到万不得已绝不求人,这也是漂亮的阿芬中意他的原因。即便是在最后时刻,备受伤痛折磨的他心心念念挂牵的依然是未了的债务——工友们资助他治伤的款子。浑身插着各种管子的阿发强撑着一口气，努力抖开眼皮，用浑浊到骇人的眸子盯着阿芬，却难以吐出一个字。眼前的妻子因工作繁重与哀伤情绪的内外交困，显得精神衰弱、不知所措。这样一个小女子，如何承担起艰难的生计和巨大的债务？

阿芬眼见丈夫朱红色的眼球像仪表似的渐渐发亮，晓得他大限已到，却有心愿未了，急忙含悲收泪，将脸凑近。阿发使劲支楞起脖子，干裂的唇里吐出几个断断续续的词组：还债，照顾老人、孩子。伤心欲绝的阿芬犹豫了一下，眼看丈夫憋成紫色的面容罩上晦暗，才沉重地点了下头。丈夫长吁出最后一口气，颓然躺倒。还未等医生为他蒙上白床单，丈夫忽然又活转过来，问阿芬拿什么还债？阿芬承诺，白天打工，晚上兼职，做牛做马也会将钱还上。丈夫终于安心地闭了眼。

二十六岁的阿芬就这样成了寡妇。她用阿发老家的破房子换得的钱为他办完后事之后，这个原本温馨的家只剩下孤儿寡母和十多万元的债务。十多万元，对城里的小康之家而言或许并不值一提，可对阿芬这样一个普通女工而言无疑像山一样的沉重。坐在简陋的出租屋里，望着悲痛欲绝的婆婆和天真无邪的稚子，阿芬欲哭无泪，她不知道，身无长物的自己该如何才能兑现对亡夫的承诺。她无意中摸到手上的金戒指，那是结婚时婆婆传给她的。典当戒指倒是可以换一笔钱还债，但这是她和丈夫的爱情信物，她舍不得卖。阿芬把金戒指塞进枕套里珍藏起来，发誓不到万不得已绝不卖掉。她计划跳槽去工资更高的工厂，可更高的工资意味着更长的工时和更严

的厂规,那她又将如何照顾婆母和儿子?思来想去,阿芬目前唯一能做的事就是,给那些出钱帮助丈夫的工友发微信——补借条。当时情况紧急,工友们大多直接用微信给她转账或是发送红包,发送的数目清清楚楚。阿芬对照着微信红包里的记录,分别给对方补上一个微信借条,藉此表明自己的态度——欠对方的钱,她一定会还。收到微信的工友都感到惊异,他们都是自愿捐助阿发的,从未想过要他家人偿还。有的工友回信说,捐钱不是借钱,根本不存在债务;有些工友说,钱是送给阿发的,跟阿芬没有关系——这当然是温和的拒绝;一些工友同情阿芬的处境,询问是否还需要帮助,有的干脆直接给阿芬发一个慰问红包表明态度。工友们善良而温情的回复令阿芬颇受感动,可字里行间显而易见的怜悯意味却仿佛鞭子抽红了她的脸。其实,大家的境遇相差无几,都是挣扎在城市边缘的外乡人,在俭省的日子中抠抠巴巴地榨出每一分铜钿的汁水。阿发不肯咽气,无非就是怕她不愿还债。阿芬耐心地逐条回复:还债是亡夫的遗愿,也是她的承诺,且容她慢慢赚钱。

　　失去丈夫的夜晚冰冷又悠长,阿芬开始失眠。脑神经绷得像笔直的钢丝,尖锐的鸣叫声整晚在她耳边萦绕,心脏承受着某种极限似的怦怦作响。她的身体轻得像一团棉絮,从床上飘起,飘至云端,天上的阿发追问着她,你怎么还不还债?阿芬无言以对。梦里梦外,债务像装着魔鬼的宝瓶,将她青春的精魄吸取殆尽,徒留虚弱的躯壳。短短几夜功夫,婆婆眼见晦暗眼圈和细纹爬上了媳妇原本平滑紧致的脸蛋,心疼地劝说道:"工友们捐款是人道,你还债是良心,不用急于一时，等孙子长大，家里松快点再说。"阿芬摇摇头说，既然答应了阿发，就要赶紧做到，否则她的日子过不安稳。

办完阿发的后事，阿芬哀伤和焦虑绷紧的心稍稍松弛下来，她想起还未进城时，村里有红白喜事常请厨艺出众的阿发去帮忙，每月能赚到个三五百补贴家用。阿芬耳濡目染，将阿发那一手小绝活学了七七八八。眼下，她打算在下班之后在夜市摆个小吃摊，这样既不耽误上工，又可以赚些外快还债。心神不宁的阿芬其实对此并无把握，尚未经受过生活洗礼的她被迫从安稳进入动荡，过去种种全部归零，她需要咬紧牙关为自己打气，才能面对如此陌生和不确定的未来。

蓁城遍布企业，分散在不同区域。入夜，穿过光鲜的主干道，绕过陈旧暗黑的街巷，扑面而来就是企业集聚区夜间闹哄哄的街景。这是农民工城市化的集散地，更是社会边缘人群的栖居地。下了夜班的男男女女，晚饭那点油水早就消耗殆尽，空如鼓响的腹部急需宵夜来安抚。

阿芬的工厂在城东，出租屋在城郊，相距三十多公里。她每天依靠一辆二手的电动车穿梭在这个并不熟悉的城市里。这几天一下班，伺候婆婆和儿子吃过晚饭，她便拿着阿发留下的工具，在门口敲敲打打：她捡了半截废弃的板车，装在电动车后头；她用捡来的柏油桶自制了一个炉子，又拾了塑料桌和几个凳子，还将家里的塑料窗帘扯下来，当成简易桌布——她手头没钱，置办摆摊工具全靠手工，既费时又费力。一天工作下来，固定的操作姿势令阿芬折叠

的腰部僵硬得如同门板,而制作炉子是男人干的力气活儿,日夜接连的操劳,令阿芬原本盈盈一握的纤腰折断一般疼痛。可她不敢露出一点疲态,依然把腰板挺得笔直——她知道躺着的婆婆根本没睡着,正偷偷观察着她。婆婆的确没有入睡,她借着昏暗的灯泡望着媳妇投射在墙上的影子,那影子轻薄如纸,纤细如柳枝,仿佛一阵风就可以吹走。幸而,儿媳的身影并未被劳累压得如弹簧一般佝偻。略感宽慰的婆婆心疼倔强要强的儿媳,却不便明说,只得委婉道:"孩子,你叮叮当当忙个不停,吵得我睡不着,明天下班再做吧。"阿芬心头一暖,她自然晓得这不过是婆婆的托词,也不说破,顺水推舟熄了灯。折叠太久的身体骤然在柔软的床铺上伸展,舒适感令阿芬感到一阵晕眩,然还未等她仔细回味这细小的幸福,便已身不由己坠入黑甜的梦乡。

花了三个夜晚,终于准备停当,阿芬打算正式开张。她将肉和菜用塑料布包好,又将炉子和菜油抬上板车,驾车"突突突"向厂区赶去。路线是阿芬事先侦查好的,她可不敢公然走大马路,以免被交警拦住。借着惨淡的月光和微弱的路灯,阿芬心惊胆战又目不斜视地走着自己选择的道路。

阿芬怕熟人遇见,不敢将摊位摆在厂区门口,拐到邻厂后门时,她遇到了阿发生前的工友老张。老张也在摆摊,是烧烤摊。长条炭炉一字排开,烟熏火燎勾人胃口。几张小桌上摆着各色调料,刷好酱汁的肉散发着香味。老张自称生意很好,到了下夜班的点儿,那帮嘴馋的年轻后生看到烤肉像老虎扑食。他不怕阿芬抢生意,招呼阿芬将摊位摆在他边上。阿芬苦笑着摇了摇头。寡妇门前是非多，她怕被人看到背后嚼舌根。为了避嫌，阿芬的小吃摊远离老张好一段距离。下夜班的铃声响了，黑压压的人群令路灯也失了亮色。夜市上欢腾的人声像猛兽打起欢快的呼噜，青工们大口喷烟、大碗喝酒，争相向心仪的女工献媚。烧烤摊子热腾腾的油烟蒸腾到露天湿润的空气中，火辣辣的刺激麻痹了人们的嗅觉。衣服、玩具、日用品、电器各色摊位前面人头挤挤，老板一手交钱一手接货，恨不能生出第三只手帮衬。阿芬的眼睛跟着顾客转溜个不停，可除了两对喜好清净的小情侣在她的摊位吃了两个凉菜，再无其他顾客光顾。眼看人家生意兴隆，自己的摊位却门可罗雀，惶恐和担忧袭击着阿芬。她为了面子外表波澜不惊，内里却兵荒马乱。她抬头望望比灯光暗淡的残月，嗅着热火肆意的污糟空气，感觉眼前每一分钟都是一级旋转楼梯，环环相扣、步步相逼。

　　一连几天，阿芬的生意都毫无起色。是自己的厨艺不精，还是别的原因？眼看其他摊位的生意红红火火，阿芬真想去讨教一下摆摊的窍门，可是脸皮颇嫩的她无论如何也张不开口。她的心拔凉拔凉，难道这条路行不通？可不摆小吃摊，她还会做什么？置身于人声噪杂的各色摊位间，阿芬感觉横亘在她与他们之间的距离抽象复杂而辽远。油烟和灰尘在被彩灯映衬得黯然失色的月光下蒸腾起阵阵烟尘，模糊了阿芬的双眼。恍惚间，阿芬看到似乎对面有人在向她招手，定睛一看原来是老张。阿芬哆嗦了一下，赶紧四下看看，确认没人注意，才犹犹豫豫地向老张走去。除了怕人嚼舌，阿芬适才避开老张还有一层用意。老张是阿发生前的好友，经常相互帮忙。阿发出事之后，老张每天都去医院探视，没少出过钱。所以，阿芬觉得亏欠老张甚多。阿芬听阿发说过，老张老家早没人了。他早年出门打工时受过伤，不能干重活儿。可活儿若是轻省，赚钱就少，三十大几的人连媳妇也娶不上，因此他晚上常做些副业来赚外快。阿芬老早就打算好的，摆摊赚到钱，首先还给老张。

老张又招呼了几个客人，转脸关切地问阿芬："生意咋样？"

阿芬瘪瘪嘴，带着哭腔道："才卖出去几份凉菜。"

老张搔搔头，惊奇地说："按理说不会啊，人那么多，你的手艺又好。"

阿芬苦笑一下："我也不知道咋回事。不过你放心，就算没生意，等我领了工钱，马上还钱给你。"

老张仿佛受了莫大的侮辱，瞪圆眼睛嚷嚷起来："你这是打我的脸！我哪有问你要钱？"

阿芬慢条斯理地说："我答应过阿发，他欠你的，我会替他还，不管你要不要。"

阿芬边说边准备告辞，老张没再留她，只是告诉她，做生意要放得下脸面，会吆喝，才能招徕客人；还得摸准客人的喜好和口味，才会有回头客。

阿芬茅塞顿开。接下去的日子，阿芬的生意很快有了起色。她模样动人，嗓子又脆，放开嗓门一吆喝，很是招徕人。阿芬做菜很有一套，她晓得工人们吃腻了食堂的清汤寡水，就好重口味。客人多，锅小,炒菜不好吃,干脆都用油炸。荤菜裹上面粉,炸出来金黄夺目,卤菜则浓油赤酱,加上八角、茴香腌制,令人回味无穷。若是吃辣,就浇上辣油,或是直接给瓶辣酱,吃得客人们满头是汗,大呼过瘾。没几天功夫,工人们一传十、十传百,都知道夜市来了个年轻美貌的女摊主,顾客纷至沓来,把阿芬支使得陀螺一般停不下来。自打丈夫去世之后,失去亲人的伤痛和沉重的债务压得阿芬几乎遗忘了开心的感觉。眼下累归累,忙归忙,可阿芬脸上五官飞舞,嘴角开始拉出笑的弧线。晚上收摊回去,阿芬像稀泥似的瘫软在床上,算账的活儿只能交给婆婆。婆婆望着钱箱里白花花的钞票,皱缩的老脸笑得一朵菊花,暗自佩服媳妇的志气。

　　小吃摊的生意一好,卤菜的需求就大大增加。阿芬白天要上工,只好每天凌晨三点多起床,为摆摊做准备。卤菜很费功夫,婆婆年老觉少,常拖着病体帮媳妇打下手。她知道媳妇许久没有吃过好菜,打算留下一点牛肉炖上给媳妇补补身体。阿芬每天粗茶淡饭,何尝不想打打牙祭,可一想起卖出肉菜赚得的钱离还清债务遥遥无期,便吞了口唾沫,将馋虫赶回肚里。除了卤菜,阿芬还需腌一些菜,待时候差不多了,她便用塑料袋分门别类装好带去夜市上卖。夜市上的小吃摊其实并不少,但多数是烧烤和馄饨面食摊。阿芬的卤菜色亮味鲜,价格公道,分量又足,很多客人就是冲这个而来,令她的生意更加红火。后街拐角汽修厂的老板尝过阿芬的手艺之后,将她的卤菜全部买走,还要阿芬每天为厂里的四个伙计送顿夜餐,每月结算一次。阿芬高兴坏了,这对一般饭店算不上什么,对她而言,可是笔天大的生意。

　　从此以后，阿芬比从前更忙了。她像工厂的机器那样日夜不停地连轴转，白天打工，晚上摆摊，半夜回家凌晨又起床买菜择菜卤菜，尽快还清债务的念头支撑着她柔弱的身体。白天在车间干活儿时，机器瓮声瓮气的轰鸣仿佛是夏蝉"知了知了"的聒噪，将昏昏欲睡的阿芬从头到脚包裹。她好像腾云驾雾身处幻境，夜晚的觥筹交错烟熏火燎化作成群结队的瞌睡虫往她头脑里钻，让她的每一个动作都拖着滞涩的尾音。白天黑夜，阿芬任凭高温折磨，任由噪音袭击，任由嗡嗡嘤嘤的虫蚁叮咬，她坚信这样的日子会很快过去，还清债务之后，生活将重新变得美好起来。

　　夏去秋来，阿芬凭着越发红火的生意还清了一半债务。眼看摆摊的旺季过去，即将迎来淡季，阿芬清点剩下的余款，计划先还给急需钱的工友。老张坚持说，不用阿芬还钱，要还就先还给于婶吧。于婶跟阿芬一样是个寡妇，丈夫和儿子出海捕鱼时一起遭了难。于婶原本在城里当清洁工，经此打击伤心过度，再加上长年累月超负荷的工作，身体逐渐垮下来，从此再也不能打工，只能靠捡垃圾为生。听说阿发住院，于婶托老张送来六百元钱，那可是于婶一个瓶子一个瓶子积攒下来的，阿芬若不是急用，是断不会收的。老张说得对，应该先还钱给于婶。谁都看得出来，于婶的身体就像风中的蜡烛，随时有熄灭的可能。万一她有个三长两短，还未还债的阿芬会抱憾终身。

　　于婶家并不难找，她租住在河边一个大杂院里，门口堆满了各式各样的纸板和杂物，散发出一股刺鼻的味道。阿芬走进漆黑的小屋，于婶正专心致志地捆绑着什么，不时被呛人的灰尘刺激出一阵撕心裂肺的咳嗽。一见阿芬，于婶马上放下手里的活儿，热情地迎上来："阿芬来了啊，屋里脏，你就在床上坐吧。"说着，便四处寻着搪瓷缸，想为客人泡茶喝。

阿芬怕耽误于婶干活儿，连忙拒绝说："别客气，我给你还钱来了，马上就走。"

于婶一愣："什么钱？"

阿芬一边把钱塞进于婶手里，一边说："阿发住院的钱，多亏大家凑给我。现在我手头宽裕了，赶紧还给你。"

"不要不要！"于婶把脸一虎，高声说，"妹子，你看不起我是不是？那是我送给阿发的，不要你还。再说，你有一家老小要养活，哪来的钱？"

见于婶狐疑的目光上下打量自己，阿芬连忙解释："我白天打工，晚上出去摆摊，生意还不错的。"

于婶如释重负，摸着阿芬瘦骨嶙峋的手说："孩子，你还年轻，别太苦了自己，要是跟婶子一样落下病来，一辈子可就白瞎了。"

于婶的语气一本正经、实心实意，带着令人心悸的柔软，阿芬的心颤动了一下，仿佛被触动了最敏感最容易受伤的神经。她极力控制着即将夺眶而出的眼泪，将钱塞进于婶手中，扭头走了。

"年轻、年轻——"回去的路上，于婶适才的言语回荡在阿芬耳际，她想自己已经错过了时令，从蓓蕾含苞到丰饶怒放的最美时

节早已随亡夫而去。

"滴滴滴——"一辆红色的轿车蛮横地拦住了阿芬的去路。未等阿芬醒过神来,一个肥硕的身影从驾驶座上闪到了她面前。阿芬定睛一看,原来是从前的工友秀琴。她涂了太多增白粉底,像个剥壳鸡蛋,浓密夸张的假睫毛,令眼睛和整个面孔完全不配套。

秀琴向阿芬伸出一只珠圆玉润的胖手,涂得猩红的嘴唇吐出几个字:"还钱!"

阿芬有点心虚,呐呐地说:"你丈夫答应我,可以缓一缓的。"

秀琴丈夫是阿芬厂里的销售员,走南闯北收入很可观。他在厂里很傲,对阿芬倒是很和气。阿发出事后,阿芬向他借一千元,他一下掏出三千元,还说等她有了钱再还也不迟。从前秀琴跟阿芬同在厂里打工,结婚生子后嫌工作辛苦没再上班。闲着无聊的秀琴常常呼朋引伴搓麻将,她也曾邀请过阿芬,可认为麻将玩物丧志的阿芬从未参与。秀琴脑子笨,麻将自然打不好,一来二去欠下一屁股赌债,丈夫为她还了几次之后,就撒手不管了。秀琴只好动起了其他脑筋。

秀琴显然不满意阿芬的回答,立刻横眉竖眼作河东狮吼状:"谁都知道你摆摊赚了不少钱,别跟我唱穷!我要你现在就还,别耽误我打牌!"

见秀琴来势汹汹,阿芬不卑不亢地答道:"我会还钱,只不过我会直接还给你丈夫,他才是债主。"

秀琴气急败坏,一把揪住阿芬的头发,想强行从她包里拿钱。毫无防备的阿芬被秀琴推倒在地，擦破了手掌和膝盖，却仍死死地护着提包。天天干活儿的阿芬力大无穷，空有一身肥膘的秀琴根本不是对手。秀琴使劲拽了几下都没有得逞，只得悻悻地回到车上，狠踩几下油门，才从车窗里探出头，气咻咻地吼道："你有种，等着瞧！"

带着一身尘土和血渍，阿芬颓然回到家。婆婆见状大惊失色，直到阿芬说明原委，才平静下来，抹着眼泪说："孩子啊，她是债主，我们只能忍着点。"阿芬没再说话，数了数手头的现款，又去厂里预支了工资，凑满三千元现金还给了秀琴丈夫。

天气渐渐冷了，厂里的订单一天多似一天，生产旺季到来了。阿芬她们天天要加班到凌晨，待到下班，累得浑身脱力，想在任何一个可以躺下的地方睡去。阿芬自然再也没有时间摆摊，幸好经过一段时间的经营，工厂附近不少小商铺都在她摊位上订盒饭。阿芬央人在出租屋外头院里的一角搭了露天的土灶，又置了两口大锅，收入反而比从前更高了。婆婆心疼媳妇，每天帮她把菜洗净择好，又替她准备好卤菜用的配料，等阿芬披星戴月地回家，婆媳俩合作将菜卤上，再由阿芬掌勺，将菜一一炒好、装盒。中午，客户会差伙计来拿盒饭，回去热一下即可——客户们听说过阿芬的遭遇，都很同情，又看重她诚实肯干，特别照顾她。元旦之前，阿芬收到了更多的回款，还有几笔新年的订单。除了生活所需，剩下的钱她都拿去还债。每转账还清一笔，她心头的石块便轻一分。她估摸着过了元宵，债务就可以彻底还清，到时她一定会去阿发的坟上，好好痛哭一场，让所有的委屈压抑随泪水一起宣泄殆尽。

元旦还没结束,秀琴就带着几个五大三粗的女人找上了门。秀琴说,自己欠了这几个女人的赌债,而阿芬欠了自己的,所以,赌债问阿芬要即可。阿芬赶紧向秀琴解释,钱已经还给了秀琴丈夫。秀琴要阿芬拿出凭据,阿芬说还的是现金,没有凭据。秀琴根本不听阿芬的解释,和债主们一起凶神恶煞地逼迫阿芬还债。她们侮辱谩骂着,文静内敛的阿芬哆嗦着,无法用耳朵细听,只能用额头和后脑勺来承受。万般无奈之下,阿芬打电话给秀琴丈夫,请他过来为自己证明。秀琴丈夫隐约听到电话里那帮女人的叫骂声,连忙赶到现场,向妻子说明,阿芬确实已经还钱,他怕钱又被秀琴拿去烂赌,这才将此事瞒下。秀琴在外人面前失了面子,登时躺倒在地上撒泼打滚,大吵不休。秀琴丈夫将恃强凌弱、无理取闹的老婆痛斥一顿,一把揪走。秀琴的债主们也只得尴尬地离开了。

阿芬担忧秀琴再来寻衅,提心吊胆了一段时日,然而秀琴并未出现,阿芬却意想不到地收到了投诉,汽修厂的伙计反映她送去的盒饭里有几根头发。阿芬开头以为是婆婆老眼昏花,没洗干净菜,下一次更加小心。可汽修厂接连投诉,最后居然取消了订单。阿芬仔细一寻思,她每次炒菜和装盒后,都会仔细检查一下,不可能掉入头发。客户都很照顾她,不可能放入头发陷害她。于是,她亲自上门道歉。伙计们直戳戳的目光对准了她,她僵硬得像个展览在橱窗里的塑料模特。伙计们说,他们干的是脏活儿累活儿,吃饭是头等大事,可盒饭里面几次出现金色头发,令人食欲全无,所以才让老板跟阿芬提提意见。阿芬反复道歉,小心翼翼地要求看看饭菜里的头发。可得到的回答却是,头发早就扔进了垃圾箱,找不到了。阿芬突然记起,跟秀琴同来的女人中,有一个是"金毛狮王"。莫非是秀琴索要钱财不得,跟别人串通来陷害她?她想去找秀琴算账,可是无凭无据,或许还会被秀琴倒打一耙。阿芬想向老板解释一下,可老板避而不见,只派了会计跟她结账。曾经热情的会计也是一张冷脸,七扣八扣只给了她几百元钱。

阿芬极力忍耐着,把自己缩成一束影子,等那澎湃的愤怒和不甘如洪水般退去之后,她才恢复了往日的理性。汽修厂的订单虽然不多,可结账及时,又给她招来不少新的客户,这次事件一定会让不少客户对她失去信心,影响年后的生意。果然,"头发事件"过后,又有两家客户撤了订单,这意味着,为了提高收入,阿芬需要再次上夜市摆摊。之前阿芬自制的电动板车和炉子已经没法使用,需要置办新的。而摆摊不比团膳,客户不会预付款,食材配料全靠阿芬垫付。她之前赚的钱用来还了债,手头所剩无几,一下子又陷入了困境。阿芬原本为自己再次看到希望而欣慰,可这次事件让她越发看清,她根本就是一棵无所依傍的野草,孤独地立在四野蒙灰的城市森林里。失眠的夜晚,翻来覆去的阿芬隔着枕套抚摸着珍藏的戒指反复问着自己,难道真的到了山穷水尽、需要跟它说再见的时刻?

还未等阿芬下定决心典当结婚戒指,于婶不知从哪里得知了此事,提着蛇皮袋,捏着火钳子,跌跌撞撞找到阿芬家,给了她六百元,支持她的小吃摊重新开张。阿芬注意到,于婶的脸比上次见面时又白了几分,眼睛深深凹陷进瘦骨嶙峋的脸颊里,身体驼成个大虾。

阿芬噙着眼泪,推让着。于婶急赤白脸道:"做寡妇的不易,婶子我最清楚!拿着这钱,挺起胸膛,别给人小瞧了。"

阿芬向现实缴了械的心再次昂扬起来。她想:在这严丝合缝、铁板一块的现实之外,毕竟还有温情和希望存在。她的返程之路早已断绝。现在她和所有来到这里的打工者一样,只能往前,无法后退。

元宵节过后,回乡过节的工人们又呼啦啦返程,随着工厂机器的轰鸣声渐隆,夜市也恢复了节前的喧腾。寒意深重的夜空中漾着节日的欢快音符,饱含着丰衣足食、自食其力的喜悦。若不是身在其中,夜市里的妍媸细节外人根本无从得知。那千姿百态、栩栩如生的俗世悲喜,在简陋而多彩的灯泡下尽情演绎,像荧幕上的伦理剧目,多得是人间烟火,少有惊心动魄。

下夜班的尖峰时刻,阿芬的摊位再次出现在夜市。假期并未让她干瘦的脸颊丰润、开裂的手掌愈合、粗黑的皮肤白净起来,连年累月的活计令她的腰肢如同于婶似的过早佝偻,可她热爱夜市,离不开夜市,慢慢熟悉夜市的过程,是自尊折损而信心增长的过程。没有脉络和根基的她在陌生的丛林里行走,重心虽已有失衡,却仍努力不让自己倾斜。她在这里寻找到了属于自己的另一种生存模式。然而,生活如同电影,一幕幕场景总是跳跃式的、毫无预兆的。阿芬日以继夜的操劳了几个月后,"五一"劳动节要到了。这天晚上,夜市里忽然来了一群城管队员,说是根据群众的举报,前来取缔无证占道经营的小摊贩。不少摊位都被取缔,违法物资被没收,阿芬的摊位也在执法范围内。眼看自己辛苦置办的板车等被装载上车,阿芬整个身体像猝然浸入冰水，哆嗦到无法自控。她想上前将板车和炉子抢回，却被一只有力的手控制住。

老张低沉的声音在她耳边响起："别做违法的事！"

阿芬惊恐地扭头呆望着老张，继而环顾四周，指着剩下几个摊位，喃喃问道："为什么他们没事？"

老张闷咳一下，说："他们有临时营业执照。咱们没有，本来就是违法的。"

"营业执照？"阿芬茫然地自语，她头一次体验到主流世界的规则，这是源自于另一层次的陌生。从前她一直以为自己做生意不过是缺乏本钱和根基，本质上并不逊色于他人，如今她才意识到她与他们之间的差别何止一个楚河汉界。

再次遭遇打击的阿芬并没有如人们所料歇下来，她依然日夜不停地打工还债。颇有远见的老张用积蓄盘下了工厂后头的一个小饭店，聘用阿芬当了厨师。在老张眼里，她这个被生活苦难折磨的弱女子，急需他仗义相救。阿芬对此心知肚明，可她别无选择。老张告诉她，汽修厂老板的老婆是秀琴的闺蜜，"头发事件"就是她俩"合谋"的。附近的小商铺都依靠工厂过活，不愿为了阿芬而得罪销售员的老婆。锋利狂狷的真相裸露出来，原来夜市不仅是生意的竞技场，还是人脉的角斗场，那些如泥胎般神情隐晦的面孔，都被利益包裹，背后是一言难尽的生物链网络，而她只是棵枯干弱小的野草，即便这野草是如此生机昂扬。阿芬答应了老张，因为她再也找不到其他适合的兼职。可她并未打消继续摆摊的念头，委托老张为她申请了一张临时营业执照。领到执照后的阿芬重出"江湖",生活再次稳定下来,可这空挂挂的稳定着实有点憋屈。唯一令她感到安慰的是,经过近一年的拼搏,她已经还清了大部分的债务。

接下去的日子忙碌而平淡,一心记挂着还债的阿芬熟练地游走在日班打工和夜班摆摊之间,维持着生活的正常秩序,绝不冲撞同事,也不做小伏低。日益熟稔中,她和老张似乎又走近了一步。接近是无形的,疏远却是下意识的,他们默契地保持着距离。在这一进一退之间,两人之间变得有一点微妙。然而,阿芬对未来不抱任何浪漫幻想,只是澄澈的眼神偶尔会快速切换频道,上演各种对人世的喟叹。老张深知她自我捍卫的用心,却并不点破。

这年夏天,老张带回了于婶去世的消息。阿芬的心扭结在一起,感受到莫名的疼痛。老张说,于婶早已病入膏肓,唯一的心愿是"叶落归根",只是路费昂贵,迟迟攒不够,只能客死他乡了。老张的眼神温柔濡湿,充满物伤其类的悲悯。阿芬被内疚和痛苦魇住的心房像是突然被灵光穿透:"叶落归根"是埋在每个异乡打工者心底的愿望,于婶去了,可欠她的债依然要还。可是,要实现于婶的遗愿,六百元远远不够。阿芬添上自己的积蓄,又将一直不舍得卖的结婚戒指典当掉,凑了一笔钱,一个人坐上火车,将于婶的骨灰送回故乡。阿芬为于婶买了一块小小的坟地,将她和故去的丈夫及儿子葬在一起。她还为于婶全家立了一块全新的墓碑,并给他们烧了一些纸钱。晚风吹起,纸钱的灰烬四下纷飞,阿芬独自站在于婶坟前,暗暗祈祷:"安息吧,于婶,但愿你从此不再孤独。"

下岗女工

下岗女工

一

慧芳下定决心、排除万难打算创业，是在陈老板向她表白之后。

在蓁城的制锁行当，慧芳已摸爬滚打多年，来到这家蓁城著名的私营锁具工厂打工，却是最近的事。按理说，她与现任老板陈其昌基本不会有工作上的交集——同在一个工厂，但上下级关系始终是不可逾越的鸿沟，至少，慧芳这样认为，可陈老板似乎并无同感。

这天下班，慧芳收到陈老板的微信，要她陪同去见客户。慧芳下意识要拒绝，可念及陈老板破格聘用她，对她有恩，只好勉强答应下来。

当晚，陈老板亲自驾车。坐在副驾驶座的慧芳无意中提起自己也有驾照，在职校念书时考的。

陈老板咧咧嘴，自嘲般说："我是农民出身，头脑简单，从前一直以为学会开车就好，压根没想过考驾照，直到风声紧了，没有正式的本儿根本没法上路，才老老实实掏一笔银子去报考。报名费加上其他乱七八糟的费用七千多元，是从前价格的几倍都不止。嘿！城里姑娘就是不一样，读书时就那么精明！"

慧芳苦笑一下，说："开车和开机器原理差不多，方式不同罢了。我那时学车是被同学们撺掇的，随大流。要说精明，我哪比得上老板你。"

陈老板哈哈大笑，才一分神的功夫，车子几乎撞向护栏，惊得慧芳花容失色、尖叫声声。他就势一脚刹车，停车，吃饭。

正是秋风起、蟹脚痒的季节，公路对面模仿阳澄湖蟹舫挂着高低错落的螃蟹招牌。霓虹灯下闪着红艳艳光芒的卡通螃蟹，在夜色中显得格外诱人。

路边聚集着许多螃蟹摊子，"一"字排开。一帮大姐阿姨们守在摊前，眉开眼笑地招徕着过往车辆。

慧芳是本地人，深知这些都是当地的螃蟹养殖户，一边卖蟹兼开饭店，反正自家的房子不用交租金，价格就比蟹舫实在。陈老板真会选地方请客！正胡思乱想着，好几个大姐大妈跑过来探头探脑、招揽生意，其中一个眼明手快地抓住了陈老板。

陈老板笑了笑，他早就订了相熟的蟹坊。这家新房刚刚装修好，在乡下算是颇有气派。铝合金门窗，地上铺着大块白色瓷砖，每个房间都吊了顶、安装了彩灯，显得十分喜庆。蟹坊老板腆着大肚子

走出来安排两人挑蟹。这里卖蟹不论斤两，而是按对数，根据蟹的大小论价。蟹坊老板一个劲地捡大个儿的螃蟹称上，然后举着凑近让两人看："青背白肚金爪黄毛，正宗的湖蟹！"

螃蟹张牙舞爪地挥动着毛茸茸的大钳子，冷不防抓住慧芳飘起来的一缕长发。慧芳尖叫一声，蟹坊老板吓了一跳，手一松，螃蟹掉在地下，休克了一秒，很快清醒，马上飞速地横行着逃命。蟹坊老板赶紧招呼伙计帮忙捉蟹。他十来岁的女儿，梳着条朝天葱样的小辫子，在门槛上跳出跳进，看大人们手忙脚乱。

乱了一阵，螃蟹终于被抓，放上蒸笼。其他的农家菜也已点好，一一下锅。客人陆续到了，大家在包厢里按次序坐好。不一会儿，煮好的螃蟹就被端上来，每位客人眼前圆形的瓷盘子里，放着一只金黄泛红的螃蟹，另外，还带一小碗蒸过的姜丝酱油佐料，加上炒螺蛳、炒青菜等几个农家菜，那色彩，那气味，令人食欲大振。

席间陈老板向客人们介绍慧芳，说她是厂里的技术能手，她操作的钻床生产出的产品是零次品，绝对免检。

客人们立刻翘起大拇指说："原来陈老板手下还有这样的人才，真了不起。"

慧芳听他们夸奖自己，不由有些羞涩，可不接茬不合适，只好淡淡地说："我从前是蓁城第八制锁厂的。技术就是那时候练出来的。"

客人们露出恍然大悟的神情，纷纷说："原来是八厂的工人，八厂从前可是制锁行业的翘楚啊。可惜啊，可惜——"

眼看大家的话题要围绕八厂展开，陈老板抢先打岔："来来来，大家吃蟹、吃蟹！吃来吃去，就数这里的蟹质量好。"

慧芳点头道："老板说得对，本地的水质好。湖水不深不浅，水生的芦苇等植物多，适合螃蟹生长。"

客人笑道："怎么听着像王婆卖瓜。"

陈老板赶紧说："这里环境一般，但螃蟹货真价实，比那些所谓的高级蟹坊好得多，菜也是农民自己种的，不施农药。"嘴上这么说着，心里却在不停地算计：这顿饭应该不超过八百元。若是在市里吃，价钱翻几倍都不止。

陈老板挑了一只递给慧芳："真是牡丹花下死，做蟹也风流，这家伙临死还握着你的头发。"

慧芳细看，蟹钳里果然还留着一点断发，不由笑道："螃蟹哪会有什么思想，只怕是老板借题发挥吧。"

陈老板兀自掰着蟹脚："本来就是来世上走一遭，有没有思想根本不重要，一样是身不由己的命。"

客人戏谑道："看不出陈老板这么愤世嫉俗，背后一定有段血泪奋斗史。"

陈老板一愣，随即自嘲道："血泪还不至于，奋斗也谈不上，否则不会混到现在还守着个破工厂。嘿嘿！"

慧芳这回没有插话，在她看来，老板最后这番话，用来形容她自己倒是比较贴切。

上世纪七十年代初，已有一个哥哥的慧芳出生在蓁城市区的小

巷里。父母是老派人，对儿子的前途更为重视，对她的学习几乎采取放任自流的态度。小学成绩很好的慧芳进入中学后，分数有些下滑趋势，父母便断言她未必考得上大学，早点读职校找个工作算了。在这种家庭氛围中，慧芳自然不会自视甚高，便遵从父母的决定进了职校，毕业后，被分进蓁城第八制锁厂。在上纪世八九十年代，八厂可是万众瞩目的好单位。当地人如果不知道这个国营工厂，就像苏州人不知道观前街，无锡人不知道大阿福，常州人不知道恐龙园。总之，老中青三代或是工人、农民、知识分子任何一个阶层，说起某某家的儿女有出息，那就是以将来去八厂这类国营厂当工人相期许。谁家有一人在国营厂，即使是厂里的操作工、厨房的大师傅，也足够家人在人前人后骄傲好一阵了。

  第一次进八厂时，大厂的气魄霎时征服了慧芳。那整齐划一的厂房、轰鸣声震耳欲聋的机器、干净整洁的宿舍、宽敞的食堂，令小家碧玉的慧芳心情激荡不能自已。工厂虽说比不上机关单位体面稳定，但是胜在收入良好。工厂员工分成两种，一种是下车间的工人，另一种是坐办公室的文员。慧芳的职校学历在这个专业人士云集的地方并不出色，只得从操作工做起。慧芳的技术，正是那个阶段练就的。开钻床，没有其他窍门，唯有勤学苦练。只是成天搬弄锁坯，娇嫩的手迅速被铁屑尖角刮得粗黑。与慧芳一般大的女工们为了保护手指全都戴上了棉纱手套，根本不理会安全生产规定。慧芳却从不犯规。那时她年纪轻又勤快好学，再加上没有家室之累，很快就在厂里的技术竞赛中脱颖而出，且年年被选为模范。

上世纪九十年代初期，二十郎当岁的慧芳开始考虑婚嫁问题。慧芳的父母是蓁城典型的小市民，尽管他们的女儿要文凭没文凭、要关系没关系、要特长没特长，可对择婿却很挑剔。人家给慧芳介绍了不少对象，父母却总是横挑鼻子竖挑眼，就这么过了几年，眼看女儿快迈入老姑娘的行列，慧芳父母才着了急。不久，慧芳在热心人的介绍下认识了现在的老公，老公在小学里教书。两人谈了半年恋爱就结婚生子，小日子过得有滋有味。可慧芳父母却总嫌弃慧芳的老公没房、没车、没钱、没地位，工作忙、收入低。总之，老公的一切慧芳父母都看不上眼。慧芳的心气本不是很高，可父母对老公和小家庭的轻视，令她憋了一口气，发誓一定要混出个样子来给父母看看。幸好年纪还轻……待从头收拾旧山河、迈开大步向前冲，慧芳以职校的文化底子报了个夜校本科班学习企业管理。班上大小老板成群，最不济的小老板也在本市最大的商品批发市场拥有几个铺位。不过，除了考试的时候全班座无虚席，平时班上再多也就三分之一人口，同学们纷纷开着私家车偶尔来应个卯，要不就差遣个手下来做替身。慧芳心疼学费倒是其次，主要是为了学点真本事，不是真忙得脱不开身，那是一节课不拉。那时新夜校还没落成，旧校区就在市区，不远。慧芳每每蹬着自己的破自行车上学，停在同学们清一色的轿车中间，两个字儿——寒碜。不过，班里女生少，慧芳长相秀美，脾气又温婉，同学们倒也不以为意，反而夸她是这个时代少有的不爱虚荣爱文化的新女性。慧芳唯有苦笑，她并不是自恃其才，将来一定有喝令三山五岳开道、当厂长的气概，主要是

想离开车间,进入办公室管理层,在父母面前争一口气。

临近新世纪,厂里引进了一拨中青年大学生,一下子人满为患,从来不觉得多么珍贵的正式工名额变得紧俏起来。先是逢进必考,到了后期,新人只能以临时工身份工作。那一阵子,工厂人心浮动,纪律涣散:新进的大学生们要么奋勇争位,夯实晋升基础;要么四处找门路创收,奠定经济基础,而很多元老则萌生去意。但这种局面很快被随之而来的金融危机打破,随着就业形势的日益严峻,即使是厂里待遇低、工作强度大的临时工,也成了万人争抢的香饽饽。慧芳奋斗八年,眼看坐办公室的希望如天明前的星辰,一颗一颗暗淡下去,屡次更新的考核制度如孙大圣头上的金箍一次比一次更加严苛,这才悚然惊觉,从来没有什么救世主:原以为十年媳妇熬成婆,到头来那希望还是镜花水月,看着,很近,摸一摸就碎。不过,厂里并未亏待慧芳这个技术尖子,将"夜大"毕业后的她提升为车间主任,工资奖金高了一大截,还不时有机会参加带薪培训,终于让慧芳在父母面前扬眉吐气了一回。

谁料,人算不如天算。八厂其实早就露出了颓势,但真正一蹶不振,还是上世纪九十年代末。上纪世九十年代经济开始腾飞,尤其在经济发达的江南,各类新颖的产品层出不穷。虽然厂领导励精图治,希望迎头赶上、与时俱进,但工厂整体的颓势终究势不可挡。昔日的大厂,最终也只能依靠下岗、减产苟延残喘而已。

凭良心说,厂里对慧芳很是照顾,头两批下岗名单里都没有慧芳的名字。但到后来,厂里已经几乎开不出工资,只好把成批的锁具交给工人们拿出去卖，卖得的钱充当工资。第一次跟同事们上街卖锁，慧芳羞得手脚都没处放。她从未想过自己这个堂堂国企车间主任居然要做街头小贩。她学着同事的样子，在人来人往的市中心人行道上铺块塑料布，把用自行车运来的锁具放在上面。同事们纷纷找个干净地方坐了，有人还自带了小板凳。慧芳不好意思坐下，羞答答地站在自己的"摊位"边，心里七上八下，做贼似的到处看，唯恐被熟人认出。一个女同事瞟了她一眼，不冷不热地说："你倒是像来相亲的。"慧芳的脸更红了，作为一种折衷，她慢慢蹲下来，低头把塑料布上的锁具一一排好。

慧芳她们摆摊的地方，是蓁城最为热闹繁华的小商品一条街。人流密集，不一会儿，便有不少行人在小摊前停下脚步。慧芳感到顾客们的目光集中在她脸上，那温度几乎令她窒息。不过，那只是她自作多情罢了。事实上，即便是隔壁卖塑料脸盆的摊位生意都比她好。读过"夜大"的慧芳知道，在轻工业里，制锁这行吃力不讨好，零件杂、工序多不说，盈利和成本都比不上其他产品。而锁具市场日新月异，研发新的锁具需要的人力物力财力绝不是八厂这样一个走向衰败的老国企可以承担的。就拿隔壁摊位的塑料脸盆做例子，成型快，成本低廉，产值却高得惊人。慧芳望望隔壁摊位，又看看自己的，不由叹了口气。

然而，这样的忍辱负重并未换来稳定的前程。在日复一日的提心吊胆中，慧芳的名字赫然被列在第三批下岗名单里。

陈老板借口上洗手间，慧芳知道他是去结账，便站起身跟他同

去。蟹坊老板在计算机上按几下,爽气道:"给你打个折,一千两百元。"陈老板的心理价位是八百元,足足多出四百元。

蟹坊老板说:"螃蟹涨价了。不信?你到其他地方去吃吃看!这么大个的蟹,人家收你八十元一只都不算贵!"

陈老板揶揄道:"那是有人三陪。"

蟹老板瞅了慧芳一眼,一脸坏笑:"你不是自带了吗?"

蟹坊老板的话让慧芳非常反感,决心帮忙杀价,小小惩罚一下这个出言不逊的家伙。她瞥了他一眼,用本地方言说:"你上的螃蟹每个不足三两。我们如果问湖边的农民买,比你这里便宜一半。"

蟹坊老板见慧芳是本地人,懂行情,气焰马上消了一半。

双方磨来磨去,最后协定七百五十元。

陈老板很高兴,说:"我出去给你做做广告,多拉几个生意,不都赚回来了。"

蟹老板不满地嘀嘀咕咕:"越有钱的人越小气。多来几个像您老这样的,我就亏死了。"

回去的路上,陈老板问慧芳今天感觉如何?慧芳不置可否。陈老板也不以为意。他向慧芳唱着苦经:社会上的人都以为他陈老板不差钱,香车美女、纸醉金迷。可是又有谁会了解,生意场上表面风光无限、内里捉襟见肘的又何止陈老板一个,或许,他连表面风光都算不上。末了,他不忘吹捧一下慧芳:工厂的前途还是要指望慧芳这样的能人。

二

　　陈老板把慧芳送回厂里，再开车回家。慧芳家在蓁城市区，距离县城的工厂六十多公里，她平时暂住在厂里的女工宿舍。她不愿工友们看到陈老板送她回来，在厂门口下了车，自己走进厂里。天已经漆黑，蒙蒙细雨随风飘来。慧芳没有带伞，她觉得淋着小雨静静走在路上的感觉挺不错。得知自己下岗的那天，也是这样一个微雨的日子。下岗名单出来后，同车间的女工们愤愤不平，都怂恿她去找领导说道说道。慧芳从不喜欢逞口舌之能，尽管心里气愤，但一想厂里如果不是真遇到难处绝不会让工人下岗。把她安排在第三批下岗，比第一批晚了一年半，厂领导已经够意思了，怎么好意思再去说道。因此，她不但没有去找领导，反而帮着做了些安抚工作。下岗有两种，一种是一次性"拗断"，按工龄领一笔补偿金从此与工厂一刀两断，另一种是不领工资，但关系还在厂里，以后工厂恢复生机，还可以再回来上班。慧芳对厂子有感情，便选择了后一种。私心里，她还希冀着能重回工厂的怀抱。毕竟是组织，有个依靠。

　　下岗回家的路像条橡皮筋，越拉越长，慧芳走得失魂落魄。一把小伞半遮半掩，微凉的雨丝落到她裸露的光洁的胳膊上，加强了细腻的触感。可她没有闲情雅致伤春悲秋，她的心被莫名的哀愁和失落包裹着，密不透风。回到家，她没有脱衣服，也不做饭，便怏怏睡下，仿佛被抽了脊梁的癞皮狗。她不知以后的日子该怎么过，

女儿还小,老公当教师的工资才百十块,而这个家处处需要开销、处处需要花钱,巧妇难为无米之炊。

每天清晨五点,生物钟自动叫醒慧芳。工厂生活令慧芳习惯将生活安排得井井有条,虽已下岗,可习惯却无法轻易改变。于是,每天清晨醒来后,无所事事的慧芳感受到了巨大的痛苦。为了排遣这种痛苦,她承担起了所有家务,包括准备三餐和接送女儿,以前这些都是老公的活儿。老公上下班定时,而"三班倒"的她过去只需在休息日做好卫生工作即可。可是,家务活儿是如此有限——慧芳全家至今还挤在老公学校分发的不足五十平方米的老房子里,清洁工作对于开惯钻床的慧芳来说就像玩耍一般。至于做饭,说是三餐,其实只有两餐,中餐老公和女儿都在学校吃。她一个人没兴趣做饭,往往是把隔夜的饭菜热热胡乱对付一下,等老公和女儿回来再做新的。

慧芳家地段不错,就在小商品交易市场隔壁。当做完所有的活计,慧芳便站在窗口看着熙熙攘攘的市场。外头车水马龙、人声鼎沸,这份喧扰和繁华令下岗的感觉具象起来。她发烫的额头顶着冰冷的玻璃,凉丝丝的触觉透过皮肤逐渐蔓延到她的全身。她感觉自己与外面那个世界就像隔着层玻璃,她的生活节奏在玻璃罩里头凝固下来,逐渐一成不变。那些为生计奔波着的人们,从未让她羡慕得如此由衷。

老公下班回来,交给慧芳一张报纸。报纸的中缝登着不少招工启事,虽然老公没有明说,但他讪讪的表情让慧芳明白,他内心如此希望她出去工作——老公柔弱的小身板无法独自撑起一个家。慧芳并未责怪老公太过现实，她早已明白，纯粹的情感在现实面前实在不值一提。匆匆吃过晚饭，收拾好饭桌，慧芳便坐下来，放弃了心爱的韩剧，仔仔细细看报纸。老公见她这架势，心领神会地带着女儿看起了动画片，不去打扰她。

报纸上的招聘信息很多，慧芳一条一条往下读，多数是酒店招聘服务员的启事。慧芳眼前立刻浮现起金碧辉煌的豪华装修和衣冠楚楚的红男绿女，再细看，身高体重学历她倒是符合，长相她也自认为不错——当年工厂里的青皮后生都围着她转个不停，可想见她曾经的美貌。只是这几年，她结婚生子又读书工作，感觉自己老得飞快。而她的年龄已经超过了要求的上限。慧芳轻叹了一口气，看一眼老公和女儿，随即自我安慰道，吃青春饭也没什么好，好歹我有了个完整的家，再找找别的工作吧。

再往下找，倒有不少招聘文员、秘书的，年龄也放宽到三十五周岁，只是，要求是本科学历。她这个"夜大"文凭实在不够硬气，只得作罢。接下去几条启事，不是幼儿园招聘保育员就是饭店招聘清洁工。慧芳并非看不上这些工种，只做这些活计，可惜了她一身的技术、文化和管理经验。眼下，她对未来依然抱有模糊的希望，但她还不能肯定，等待她的究竟会是怎样的前景。忽然，报纸角落的一条招工启事吸引了她的注意，蓁城下属的一个县城里，有家私营制锁企业正在招技术工人，年龄十八周岁至三十五周岁。慧芳不错眼珠地盯着这条信息，原本拔凉拔凉的心里吹进了一丝暖风。

这晚，怀有心事的慧芳早早把女儿哄睡，便与老公熄灯上了床。

分手吧,罗拉

她小鸟依人地窝在老公怀里,把自己的想法娓娓道来。老公本以为妻子想跟自己唱唱苦经、叨叨心事,还准备了不少安慰的话语,却不想慧芳有此打算,一时愣了。

"我想,我还是做回自己的本行最得心应手。我听说,这些县城的私营企业,收入很高呢。"

老公半晌没有言语,慧芳知道他正在作思想斗争。县城离蓁城市区有五六十公里,一来一回要两个多小时,遇上堵车还不止,她如果去应聘,每天往返肯定不现实。

果然,老公说:"县城离家太远,我不想你一个女人跑过去吃苦。我是个男人,养家是我的事,要不然你就在家洗洗涮涮,带带女儿算了。我们艰苦一点没关系。"

慧芳听了有点感动,顿时觉得老公并不高大的身材一下子伟岸起来,她亲了亲老公,柔声说:"不完全是钱的事,主要是,我还年轻,歇在家里不太甘心。"

老公没再说话,慧芳晓得他已被说动,继续道:"你别担心,我不会长期待在那里,赚点钱就回来,随便找个可以顾家的工作。你说好不好?"

老公心知肚明慧芳此话并不当真,却无法反驳,只好默默抱紧了妻子。两人温存一阵,动了饮食男女的心思,再加上分别在即,便酣畅淋漓地亲热了一番,才相拥着睡去。

第二天,慧芳便坐长途车来到了县城。这个私营制锁厂叫"其昌",后来慧芳才知道胖胖的老板名叫陈其昌。陈老板听说慧芳曾是大名鼎鼎的蓁城第八制锁厂的车间主任，大为重视，立刻要求慧芳去车间现场演示，还承诺若是试工合格，马上帮慧芳办理入职手续，再给她安排一个单人宿舍。

私营企业的车间不如八厂宽敞，配置还算正规。东南西北各有一个门口，消防设施安装到位。这个车间有两层楼高度，钻床摆成两排，很是气派。许久不曾摸过机器的慧芳担心自己的技术有所生疏，可当她坐到钻床前，热血再次沸腾起来。她伸出双手，一起一落开始操纵着钻床。陈老板让她试工的消息早已传遍车间，车间主任和工人们都围拢过来，想看看这个行内的技术尖子到底是否实至名归。

车间主任是个胡子拉碴、五大三粗的男人，一双小眼睛滴溜溜转个不停，样子并不友好。不过慧芳并不介意，她不慌不忙地操作着，她知道有无数双眼睛盯着自己，可奇怪的是，她并不羞涩或者慌张。机械操作无比单调，操作工常会开开小差、神游一圈，或是拉下口罩与工友们闲聊几句。可是，慧芳钻锁专心致志、物我两忘，她的心和眼从不会离开飞转的钻头，她出的产品从来不会有次品，这就是她成为技术骨干的原因。

陈老板带头鼓起了掌，他和工人们都被慧芳精湛的技术征服。慧芳却浑然不觉，她澄澈的目光紧锁住机器，清瘦的脸上浮现出高度专注中的机敏，她仿佛被追光打照，变得光彩四射。她身体中潜藏的自信与激情，不知不觉中流泻而出，给这个粗陋而刻板的车间带来了些许暖意。陈老板的心莫名一动，他轻轻走上前，向慧芳比了个手势，示意她停下。

"你被录用了,马上去办手续吧。"

慧芳缓缓住手,继而松了口气。当她离开机床,离开她所精通的领域,陡然感到一阵失落。谨小慎微重新爬上她的脸颊,适才的光芒似乎只是昙花一现。不过,被正式录用还是令她欣喜,尤其是,当她走进整洁宽敞的单人宿舍,更让她对尊重技术的陈老板产生了些许好感。

厂门口到宿舍的路程并不短,绕来绕去大约有几百米,可即便走了许久,慧芳感觉适才吃的大闸蟹还没有完全消化。她揉揉胃部,自嘲说自己是天生的穷命,连只时鲜的螃蟹都消受不起。其实,她特别想把螃蟹省下,带回家给女儿和老公吃,可这个想法太不现实,更会被客人轻视,她只好打消了念头。慧芳一看手机,有好几个未接来电,都是老公的手机号,正想拨回去,眼看时间已然不早,女儿已经睡了。她担心吵到女儿,就给老公发了几条微信,无非是询问家中情况,顺带倾诉一番思念之情。酒精的作用开始显现,交感神经莫名亢奋,今夜,她无滋无味地躺在床上,不时看看手机,然而几条微信都石沉大海,估计老公已进入梦乡。无趣和孤独袭上心头,她感觉身体像一团颤动、热切的丝线,在这寂寥的黑夜里,独自柔软、兀自纠结、暗自凌乱。

酒精的威力延续到翌日,醒来的慧芳依然感到晕眩,她暗自提醒自己下次别再轻易参加饭局。她照例五点起床,早饭过后来到车间,将自己的机器清理并检查一遍,准备六点半准时开工。

六点二十分,车间主任才飘然而至,带着一身酒气、耷拉着总也睡不醒的惺忪眼睑。他见到慧芳一愣，随即不冷不热地说："你倒是来得挺早，比我这个主任还积极。"

慧芳充耳不闻他隐藏着的芒刺的话语。出门在外，凡事能忍则忍，做好自己的本分即可，这是慧芳的原则。

见慧芳没有反驳，车间主任的态度缓和了些，说："老板让我对你说，你技术好，不用从普工做起，就负责技术指导。我会组织她们向你学习的。"

面试那天，慧芳向陈老板详细介绍过自己的履历，她的技能并不仅限于开钻床，其他工种和工序一样门儿清。即便下了岗，她也从未间断过理论学习。因此，陈老板做这个安排，她并不意外。与慧芳同车间的几十位女工，来自五湖四海，除了慧芳，没人是蓁城本地人士。唯有一个年轻漂亮的女工阿玲的具体情况，慧芳还没有把握得太透，但可以肯定文化程度不是很高，这从她的衣着气质还有常常抠鼻挖耳的小动作就可以得出结论。女工们本对慧芳比较敌视，因厂里实行计件工资制，她们担忧慧芳抢饭碗。可眼下，她们发现慧芳并不上机，只负责教授，便释然了。慧芳传授技术耐心细致、毫无保留，为人又随和亲切，很快在女工中建立了威信。一下班，她的宿舍几乎成了女工俱乐部，女工们都爱跟她拉家常，当然话题总也离不开工厂。

"胖虎最讨厌，对我们比老板还刻薄！我多上几次厕所，他都会扣钱。"

"就是，他自己不懂技术，却喜欢向老板打小报告。"

"他还喜欢动手动脚揩油,如果谁不让他揩油,他就让谁穿小鞋。"

慧芳奇怪了:"谁是胖虎?"

女工们惊讶地望着她,异口同声说:"就是咱们车间主任啊。"见慧芳不解,年纪略大的莲姐解释道,"我儿子爱看的动画片里面,有个专门喜欢欺负人的大块头叫胖虎。车间主任又高又胖又爱欺负人,所以我叫他胖虎。"

慧芳哭笑不得,说:"既然他那么坏,你们为什么不告诉老板?我看陈老板还是明白事理的。"

一个叫凤喜的年轻女工瞪圆眼睛说:"胖虎是老板的弟弟,难道你不知道吗?厂里的领导,都是老板的亲戚。"

女工翠花点头说:"没错!我从前是三车间的,阿玲那货总跟她老乡联合起来欺负我,我才转到这个车间。"

慧芳说:"难道你没向三车间主任说明吗?"

翠花笑笑说:"三车间主任是老板的舅子,阿玲跟他的关系谁不知道,我解释没用。我调来本以为有好日子过,谁知阿玲这个小妖精上个月也调来了。胖虎对她特别照顾。"

阿玲长得水灵身材又好,是公认的厂花,尤其是她一双善于放电的媚眼,将为数不多的男工们一网打尽。据说是厂里特别招来的形象代言人,可慧芳不明白,制锁厂又不是女装厂、化妆品厂,需要什么代言人?这个姑娘人长得灵,干活却不灵,上机操作出错多、耗时长,常常拖延下游工友的进度,影响了其他工友的产量,换了几个工种都是如此，招来很多不满。然而，每次考核，她总是过关。今天听了大家的议论，慧芳这才恍然大悟。

莲姐嘻嘻笑着说：“你别不服气，人家脸蛋长得漂亮，你比不了。我要是年轻个十岁，就去傍陈老板，也过过小老板娘的瘾。”

凤喜捂嘴笑道：“我们长得五大三粗，陈老板哪看得上。我看这里就属慧芳姐长得标致，老板准看得上。”

慧芳心里一动，她一直身处女性世界，从未注意过自己的容貌，也未指望凭借容貌向生活索取更多。她只想本本分分地守着家庭，凭真本事吃饭。可如今看来，社会并非如此简单，即便是这个私营小厂，也充斥着如此复杂的人事关系。

慧芳不禁问道：“既然你们做得那么不开心，为什么不辞职？”

"辞职？"女工们面面相觑。

莲姐撇撇嘴说：“我打工换过好几个厂，其实哪个厂都差不多。以前我年轻气盛，喜欢跟人家论个长短，现在只要按时发我工资就好，其他事我懒得管。”

女工们纷纷点头称"是"。

慧芳颇感触动：她们多数不过二十岁左右，却拥有一张张早熟而沧桑的面孔。面对生活的坚难，她们沉默倦怠的表情下，并无太大奢望，无非要求享受一点尊重、理解和自由。慧芳也是如此，她想："我靠技术吃饭，绝不答应非分要求，量老板也不敢拿我怎么样。大不了就辞职！在八厂，夫妻共同下岗也算常见，我家至少还有老公撑着。"她暗自给自己打气："社会上混得不怎么样的同病相怜

者并不在少数,但社会对女人总是比较宽容——女人即使混得不好,也不见得会被人多加指责。"

三

虽说慧芳在厂里资历不算最深,但胜在技术过硬,再加上管理经验丰富,很快就被陈老板提拔为技术总管,工资也加了一截。平时工厂接洽的重要活计,陈老板常会钦点慧芳上阵,去几个车间巡回指导。这引来了车间主任们的不满,胖虎表现得最为明显。如今,胖虎见到慧芳已经没有一丝笑意。

一天午饭的时候,女工们照例围着慧芳叽叽喳喳,胖虎忽然端着饭盆走过来,皮笑肉不笑地对慧芳说:"你这个女人不简单啊,照这样下去,别说车间主任,就连副厂长的位子都是你的囊中之物。"

慧芳猝不及防,举着筷子的手停滞在空中。不锈钢餐盒里的饭菜被搅乱了次序,横七竖八的米粒和蔬菜惊慌失措地展示着某种狼狈和窝囊。周围的女工屏息凝神,表面上专注于咀嚼,耳朵却竖得笔直。慧芳克制住内心的兵荒马乱,定了定神,不紧不慢地开了口:"陈老板怎么说,我就怎么做。打工的,不都得服从老板的命令吗?"

胖虎被噎住了,他记起了自己的打工身份,狠狠地瞪了她一眼,悻悻地走了。

慧芳叹口气,默默地把饭拨进嘴里。食堂的饭菜照例糟糕,寡淡无味的蔬菜里躲着几根零星的肉丝,米粒和菜汤在嘴里搅拌一圈过后,胃部便自动鼓胀起来,不知是饭菜还是怨气填充了空虚的肚子。实际上,"技术总管"这个旁人眼中的肥差耗时长、强度大不说,还有种种难言的苦处。指导技术需要大量的体力和精力,还得反复示范,并不比做工来得省力。原则上,相关工人都该听从她指导,可一些年轻的女工个性强悍,尤其是外车间的并不服指导,更别提尊重她了。更重要的是,工厂严格按照多劳多得的原则来发放薪酬,基本薪资极其微薄。慧芳领的是固定工资,收入反而不及计件工资。要知道,如果她上机工作,产量可是惊人的。不按件计酬,她实在吃亏得很。不过慧芳总是安慰自己,做人要知足,既然老板赏识她,她就该好好报答老板。为此,她一直反复总结着生产技术和工厂管理上的不足,希望找出调整的办法。

每天下班,慧芳浑身像散了架,可收入却远远比不上付出。所以,每次需要慧芳指导全厂大生产时,陈老板在行动上总是讨好慧芳,可言语上却滴水不漏。

陈老板说:"在厂里混出个威信比什么都强。等时机成熟,我就提拔你做副厂长。"

慧芳知道老板在打哈哈。她心里说:"只有永恒的利益,没有永恒的朋友。指望你?扯淡!"嘴上却说:"老板,现在工厂的质量监管力度不够,我想组建一个质检小组,把各车间技术骨干抽调过来,由我亲自指导,然后再把她们分散到各个车间做专业质检。"

陈老板说:"好好好,只要是合理要求,我都支持你。不过,

今晚有个饭局,你要陪我去应酬一下。"

慧芳笑着说:"我不擅长应酬,厂里那么多美女,还找不到人陪老板去应酬?"

陈老板正色道:"你把我想成什么人了?那些美女是用来撑场面的,虚有其表!哪比得上你落落大方又有真材实料。"

见慧芳还在犹豫,陈老板又说:"这次接待安排在蓁城,你正好可以回去看看女儿。"

话说到这份上,任慧芳如何固执,一颗母亲的心也化作了绕指柔。女儿还小,三两天不见就跟她生分,得花不少时间才能修复关系。来这打工后,慧芳见过太多偶尔进城与父母团聚的"留守儿童",他们与父母的关系宛若寒冰般冷漠尖锐,大段离别的时光中塞满了隔阂与疏离。慧芳可不愿步他们后尘,让自己成为女儿生活中的象征性符号。老公就更别提了,尽管他嘴上并无抱怨,可心里的疙瘩显而易见。男人既当爹又当妈,工作之余料理家务,确实不易。想起老公,慧芳心里就涌起一股柔情。近来,她和老公疏远了不少,主要原因是缺少"作案"的时间和地点。工厂订单多、业务忙,慧芳很难抽出时间休闲。偶尔回趟家,公共交通费时间,这就将两人原本就有限的相聚肢解得支离破碎。她计划这次回去好好弥补一下,与老公重温爱的功课。想到这里,慧芳没再犹豫,点头答应。

见陈老板亲自开车送慧芳,老公有点不高兴,但老婆回家的喜悦战胜了一切。慧芳与老公好好温存了一番,顺便把工资卡交给老公存好。对此,她的说辞是工厂宿舍毕竟不如家里安全,心里却充满撑起半边天的自豪。老公接受她的工资卡没有半点扭捏，一副理所应当的样子。慧芳心里莫名抽搐了一下，瞬间释然了——都是老夫老妻，不能太过计较，忍耐一下，皆大欢喜。老公没有察觉慧芳的情绪，他人瘦了、面色苍白，精力却没打折扣，纠缠了慧芳一个晚上，仿佛回到了新婚蜜月。

  第二天一早，慧芳与老公依依惜别。从此，陪着老板应酬就成了家常便饭，习惯后的慧芳放下了心理负担。她渐渐喜欢上了应酬，倒不是为了吃吃喝喝。那些清洁富丽、远离粗俗气息的场所，那轻音乐、水晶灯、红地毯，代表着另一个阶层的趣味和教养。饭桌上，谈吐高雅而知识丰富的客人们，引领慧芳进入一个新的层次，她在见识拓展、思维开阔的同时，信心和充实感如期而至。只是，应酬多了，工友们对她难免议论纷纷，还有敬而远之的趋势。胖虎的态度也变本加厉。慧芳难免失落，却再无精力应对与工作无关的一切。

  忙忙碌碌很快到了年底，今年工厂效益良好，慧芳所在的车间更是名列前茅。工厂年底都会举办尾牙，犒劳辛苦工作一年的员工。尾牙晚宴中途，胖虎被陈老板点名表扬。要知道，尽管厂里的干部都是亲戚，可彼此之间的争宠较劲一点不比社会上少。因此，直到走出宴会厅，胖虎还像漂浮在云端一样，满脸放光，心情非常之好。阿玲趁机提出要求，让胖虎请车间里的骨干女工去KTV狂欢一通。胖虎欣然同意，不过他又说自己有事，只能陪大家喝一杯就得离开，大家吵嚷着要去厂子后巷里的凤凰酒店，因为这家酒店刚刚装修完毕，比较豪华。胖虎点头说好，一行人便大刺刺地涌进了酒店。点单、

点歌、挑 DJ……一阵忙乱。慧芳本不想参与，无奈众人起哄说她不肯与民同乐，她只得勉为其难。临了，她偷偷给陈老板发了微信，请他过来保驾，她真心担忧自己今晚难以招架。等众人坐定之后，胖虎瞥一眼腕上金光闪闪的劳力士名表，申请将喝一杯酒的指标减到半杯，同时要求大家少喝点，保住革命的本钱要紧。大家吵吵嚷嚷着不依不饶。

阿玲大声说："主任难得放一次血，结果放出来一杯水，是不是小金库里的钱舍不得拿出来分享？"

胖虎说："羊毛出在羊身上，这钱最终还是你们的，给你们省钱还那么大意见。"

凤喜说："不吃白不吃，反正来路去路不明。"

胖虎不太高兴："你们不要叽叽歪歪的！大哥明令禁止私设小金库，我这是顶风作案，还不是为了你们着想，被你们说得好像我个人得了什么好处似的。"

气氛有点紧张，大家连忙打岔，嘻嘻哈哈地揭过不提。这种问题实在不宜讨论，它可能导致两种后果，一是所有人意兴阑珊、玩心全无，另一种就是带着报复心态变本加厉地喝酒唱歌。好像后者的可能性更大一点，这里谁也不是省油的灯。慧芳想到此处不禁咧了咧嘴。

胖虎马上正色问慧芳："是不是有什么高见？"

还不等慧芳作答，阿玲就抢着说："慧芳姐能有什么高见？她是正宗本地人，又有老板撑腰，不馋这点小吃小喝。"

大家听了阿玲这番话纷纷起哄。慧芳心中不爽，却不便反击。

胖虎调侃阿玲："按理说，美女总是很有办法，应该比大姐更吃得开，怎么会有这种仇富心理，看来得好好安抚安抚。"

阿玲脸上一红，立刻反唇相讥："我又不是从穷乡僻壤来的，要靠亲戚的关系才站得住脚，干吗要仇富？本大小姐正在考虑要不要钓个有钱人做他的二奶呢。"

胖虎一拍大腿说："好啊，我可以跟企宣部打个招呼，免费帮你登个广告，要是你这位大美女有朝一日真的发达了，不要忘记我们这帮穷哥儿们。"

阿玲拿起话筒，试了试音，慢了半拍才回答："本小姐先考虑一下，哪家媒体的号召力更大！"

在车间里，阿玲似乎是唯一可以在胖虎面前肆无忌惮的人。这种靠亲戚才能进城站住脚的话，大家连暗示都不可以。否则，哪怕是胖虎自己的亲爹，胖虎也会让他坐冷板凳。

不一会儿，酒水、小吃都已上齐，胖虎端着半杯酒同大家一一碰杯。碰到阿玲的酒杯时，她忽然顺势将自己杯里的啤酒倒进胖虎的杯里。胖虎正要一饮而尽，包厢门开了，陈老板走了进来。

胖虎本来是今晚的中心人物，可老板一走进来，吸引了所有人的注意，胖虎相形见绌。胖虎一时怔住，忘了喝酒。陈老板没有点破，只说自己闻讯赶来一起热闹一下。

胖虎最先反应过来："好好好，来了好，先喝一杯。"

阿玲放下话筒，抢着给陈老板倒酒，一边不怀好意地瞅了慧芳

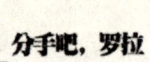

一眼，慧芳躲了躲，没有接招。

胖虎马上将酒杯伸向陈老板，碰响后，他先干了。

慧芳这才注意到，胖虎刚才在尾牙上就喝高了，只是这会儿酒劲才发作。

半杯酒的指标超额完成之后，胖虎却没有要离去的意思。他坐下给自己倒满了一杯，啤酒沫溢得满桌都是。胖虎磕磕巴巴地说："来，我们兄弟姐妹们干一杯，说真的，我们厂上千号人，也只有我们车间感情实打实，不像这啤酒泡沫。唯有我们这儿同事之间不是泡沫感情。"

阿玲忽然又冒出一句："你这领导不知道是怎么当的，太偏心了，只跟老板干杯，我看你除了跟老板有感情，跟我们连个沫都没有。"

胖虎脸上终于浮现出不快之色。

阿玲今天仿佛吃了干燥的火药，一点就炸。为了防止再伤及无辜，慧芳赶紧张罗着让大家唱歌。

今天来的女工能歌善舞，也爱出风头，在陈老板和胖虎面前更是充满表现欲。一时间，麦霸横行。伪蔡依林、伪邓紫琪等歌星你方唱罢我登场，只有阿玲例外，她不唱歌，一个劲地敬酒喝酒。

慧芳知道，胖虎和阿玲他们误会了她跟陈老板之间的关系。慧芳不是虚荣的女人，她并不需要老板的青睐来短暂抚慰她这个老大不小的失意女工满是伤痕的心中盛满的不平之气。只是，胖虎异样的眼神让慧芳感到不是滋味。其实，慧芳心里明白，工厂各个部门的头头跟胖虎一样，对她的尊重不过浮于表面。除了陈老板，其他人根本不在乎产品质量和厂子的前途，只求产品数量达标就行。其他时间，他们背靠着厂子的招牌，纷纷发展"三产"，炒股票、开公司——什么赚钱就做什么。听说，胖虎就是这样，炒房、炒股——相较他们，慧芳却有心无力。虽然被人尊称为"技术主管"，但她越发感觉，她做这个工作，就像书童陪着公子赶考，两下不相称。看来再不想办法，生产质量抓不上去事小，无法生存事大。这一点现实，真像"盲人骑瞎马，夜半临深池"一样严峻。

疯闹到凌晨，众人作鸟兽散。胖虎早已烂醉如泥，大家把送陈老板回家的光荣使命交给了慧芳，任慧芳如何推脱也没用。夜色中的县城魅惑喧嚣，每家娱乐场所的华彩光影均掩盖着蛊惑人心的私密和暧昧。站在酒店门口料峭的寒风中，慧芳扶着喝得东倒西歪的陈老板一时不知何去何从。慧芳思忖自己是有夫之妇，带着个大男人到处跑实在不合适，最好是可以就地解决。她抬头看看凤凰酒店流光溢彩的金字招牌，想来昂贵的房费也不是她这样的工薪阶层消费得起的。况且，这种费用谁知老板醒了会不会报销。自己的宿舍实在局促，半夜三更安置老板影响不好不说，也不合适。再三权衡之下，她打辆车把陈老板送回厂里，让保安帮忙送进厂长办公室。要求保安帮忙的时候，慧芳还有一点心理障碍，躲着保安的目光。可是保安一副司空见惯的表情，压根儿没往慧芳脸上多看一眼。慧芳自己觉出了讪讪。

到了办公室，慧芳本想把陈老板放下就走，可是他一会儿说热，一会儿说渴，把她折腾得手忙脚乱。最后，她只得在办公室守着，

不敢离开。她并不担心陈老板会有非礼的举动，尽管在这个疯狂的年代，孤男寡女同处一室，不发生什么似乎也说不过去，可她跟厂里那些年轻貌美的女工相比，几乎是个老黄瓜了。因此，对于陈老板突然抓住她的手这一举动，她备感惊诧却宁愿理解成他的借酒装疯。慧芳没有激烈抗拒，亦没有做出一副贞洁烈女的姿态大骂老板太不要脸，那是电视剧里的戏剧处理，并不适用于生活。慧芳只是轻轻抽回了自己的手，带着自嘲的口气说："老板，你喝醉了，把我当成了嫂子。"

陈老板一震，似乎有点意外，过了好一会儿才说："慧芳，我心里苦啊。"陈老板絮絮叨叨地开始痛说革命家史，他说他祖宗几代都是脸朝黄土背朝天的农民，到了他这代，穷得连遮头的瓦都没有。村头的小阿花跟他青梅竹马，两下都有意思。有一次，阿花哭着来找他，说家里要把她许配给别人，她死活不愿意，就想跟他钻玉米地，生米做成熟饭，家里就不好再反对。千娇百媚的她令年轻的他心如撞鹿、想入非非。可是，窘迫的现状却使得他畏缩不前。难怪人家说权力和金钱是男人的春药，没有这两样东西，即使美女在怀，也照样歇菜。

陈老板叹了口气接着说，阿花含恨嫁到了别的村，后悔莫及的他发了狠，一定要混出个人样子来，不叫村里人瞧扁。后来经人介绍，他娶了朴实能干的老婆，模样丑可顾家能干活儿。他把家全都撂给了老婆，独自走南闯北，吃了无数的苦头，终于学了点技术，也积了点钱财开了个小作坊，后来又慢慢发展成这个颇有规模的厂子。

陈老板说:"我不是得了便宜还卖乖的人,我承认,我有今天,老婆功不可没,可我依然觉得有点心结。她跟我没有共同语言啊。"

陈老板还说,搭上60后最后一班车的他,是理智型的男人,这使得他在成功以后,有意无意地放弃了多次和其他女性亲近的机会。站在现实的角度综合来看,慧芳比不上他的其他女性朋友,她们普遍年轻漂亮,可他却把多年的坚守、渴望和憧憬,一股脑儿交给了韶华已过的慧芳。

与陈老板认识以来,他一直都占据主动,而慧芳却没有感受到被动的不适。可这一次,被动的感觉令慧芳十分尴尬。或许,在陈老板看来,慧芳是需要他这种表现的,这样的表现不仅能满足她女性的虚荣心,也多少安抚了她下岗之后的精神颓势。

还没等慧芳回话,陈老板不知从哪里摸出一串珍珠项链,献宝似的说:"我一直想送你个礼物,来表达我的心意,这个请你收下。只要你跟着我,以后什么好东西,我都会送给你。"

慧芳啼笑皆非。一段时日的接触,她对陈老板有了更深的了解。他头脑灵活,善于钻营,却始终难掩农民企业家的粗放本色,因此尽管身价不菲,但在富豪如林的生意场中只能算个小虾米。比起同类企业家,他对女性的态度一直较为慎重,即便面对阿玲这类的青春美少女,也从不表现出过分的热情。但是,他会适当给予她们帮助,令自己获得一定程度的敬畏和尊重,那是他在朋友圈内甚少获得的东西。

慧芳从不接受额外的馈赠,亏欠的感觉会令她矮人一头,哪怕

对方是自己的老板。但直截了当地拒绝,似乎太伤老板脸面,她沉吟了一下,正色道:"老板,如果你有诚意,还不如送我更实际的礼物。当然,那对你自己也有好处。"

陈老板仔细看看慧芳的脸,见她不像说笑,不由支起身子,认真地说:"你说,你提要求,只要我能办到,我一定照做。"

慧芳晓得他产生了误解,打算将错就错,否则短期内恐怕无法找到更合适的机会说出自己深思熟虑的想法:"老板,我想在厂里推行新的生产方法,摒弃流水线工作法。"

陈老板一听她又谈工作,不由兴趣大减,不耐烦地说:"你花样可真多。我记得批准你成立质检小组也就半年的事,怎么这次连生产方法都要调整?"

慧芳早有准备,她马上答道:"光有专职的质检小组不能解决根本问题。目前,工人领的是计件工资,只管产品数量,不管质量。我建议采用'细胞生产方式',细胞代表小组,固定每组的人数,产品工序在小组内完成。"

"等等。"陈老板有点犯晕,"这个方法听着挺新鲜,比起流水线生产,有什么好处?"

慧芳侃侃而谈:"好处可多了。同细胞也就是同组的工友必须站在一起完成生产任务。产品从一个工位传到另一个工位,这叫单件流模式。这样做缩短了工位间的距离,减少了不必要的损耗。另外,由于生产在组内完成,那么同组的下游工人自动成为上游工人的质检员,如果产品有瑕疵,立刻就在下游工人手里反映出来。"

"听起来好像不错。"陈老板想了想说,"可是,有没有必要这么劳师动众?去年工厂效益不错,说明产品质量挺好。"

慧芳早料到陈老板会如此搪塞,她犹豫一下,还是把事先准备好的理由摆了出来:"我来工厂的时间不短了,目前厂里的效益确实不错,可管理模式太过粗放,产品质量总也提不上去。眼前虽然不要紧,可随着市场要求的日益提高,长此以往肯定会被市场淘汰。我过去的厂子就这样,说倒就倒了。"

慧芳看似不谙世事、不问是非,如今跟他谈到厂里的制度改革问题,却如数家珍。她此时眉飞色舞的样子,与平时低眉顺眼、不问世事、纯情柔弱的神情判若两人,反而有一种令人欲罢不能的魅力。只是,慧芳摆出的问题太过严峻,令陈老板满脑子风花雪月的念头化为了乌有。

"其实,发达国家早已采用这种生产方式,与之配套的还有零库存、零次品。"慧芳继续道,"我们厂的原材料浪费太严重,如果能够做到零库存,也就是即拿即用,会为厂里节约一大笔开支,当然,这需要我们寻找到合适的供应商,并对他们进行必要的辅导。刚才我提出的细胞生产方式,就是零库存和零次品的基础。当然咯,所谓零次品,其实是合格率百分之九十九,一蹴而就不可能,但我们可以先从改变生产方式做起。"

慧芳还在说着什么,陈老板一边揉太阳穴,一边思考她刚才的提议。老实说,她的话一针见血、不太入耳,但恢复理智的陈老板认为颇有道理。他又听了片刻,才打断道:"慧芳,今天我多喝了

两杯，脑子不好使。过了年，我召集全厂中层开个会，你事先准备一个方案，在会上说说，大家讨论一下。你看这样好吗？"

四

陈老板没有食言，元宵节以后，暗地里做过一番部署的他便召集大家关于实行"细胞生产方式"的可行性问题开了会。大家知道陈老板支持慧芳，表面上都哼哼哈哈表示同意。慧芳见一切顺利，满心以为车间将会有全新的面貌。可新的生产方式推行不久，她便发现自己之前的想法太过简单。从前流水线上的产品，是在完工之后进行质检，合格产品一起被送去下一个工位。也就是说，次品率再高也不会马上影响到下一个环节的生产。可如今的"细胞生产方式"，次品几乎无所遁形，会即刻耽误整个小组的生产。即便下游工人想蒙混过关，也难逃质检小组的法眼。如此一来，出次品的工人不但收入减少，还会被同组工人埋怨，双方一言不合甚至会大打出手。

慧芳四处调停，还跟胖虎理论："质检应该赏罚分明，出次品可以扣钱，但合格产品也要分级，优等品要加钱，这样才公平，才能调动工人的积极性。"

胖虎"嘿嘿"笑道："你说得都有道理，可问题是工人们不答应。自从采用了新的生产方法，大伙儿都累得像狗一样。辛辛苦苦生产出来的产品，凭什么质检小组说是优等品就是优等品，说是次品就是次品？"

慧芳终于明白，胖虎根本不支持新的生产方式和质检制度，只是不敢公开反对，而赏罚大权偏偏掌握在胖虎手里。为了打击慧芳的威信，胖虎只管扣钱，毫无奖励措施。女工们的收入变少，自然把账算到慧芳头上。胖虎趁机推波助澜，四处煽风点火，到处说慧芳的坏话，说她仗着老板就不可一世，根本不管工人的死活。而这个时候，被选为质检员的女工，发觉自己的收入不如当工人多，也纷纷退缩。

慧芳着急上火，想来想去，决定去找质检员莲姐做做工作。

莲姐为难地说："不是我不肯支持你，可你难道看不出来吗？厂里有权的都是老板亲戚，比如胖虎什么的。我们这些普通工人，哪里敢得罪他们啊。"

慧芳不解地问："质检小组和细胞生产方式是陈老板同意的，你们按规章制度检验，怎么会得罪他们？"

莲姐说："产品合格率跟工人收入挂钩，我们搞质检就是在人家嘴里抢食，人家能高兴吗？那些工人有胖虎撑腰，下了工会算计我们。我们质检员工资又不高，干吗要担风险？"

慧芳说："工资的事我会跟老板谈，要求质检员也按件计酬，但你的顾虑，我觉得很多余。"

莲姐笑笑："你还年轻，不懂人情关系的厉害。最后关头，老板肯定不会向着我们这些外人。你跟胖虎他们硬来，丢了饭碗可不上算。反正我不敢干！"

回到自己宿舍已是傍晚，加班的工人都在车间忙碌。跟几个相

熟的女工谈了多时,慧芳饥火上升,急着找食充饥。这个时候,手机忽然不合时宜地响了起来,是老公的来电。老公很少给她电话,一般都是微信联系,她担心家里出什么急事,慌忙地接了电话。老公说,他已经带着女儿到了厂门口,来看看她。

慧芳又惊又喜,赶紧跑出工厂大门,果然一大一小已经站着等候多时了。慧芳虽埋怨老公"突然袭击",可还是体贴地带他和女儿先去吃饭。厂里有自己的食堂,无奈伙食又差又贵,这便成就了对面街上的大小饭店。慧芳最常光顾的是路口一家快餐店,那里从早上八点营业到晚上十二点,环境干净,价格也不贵。老公担心地问:"慧芳,下馆子会不会太奢侈?"慧芳笑着说:"女儿胃口小老公食量也不大,算算全家吃一顿不会超过五十元。"事实上,慧芳每次来这里只吃一碗面条对付一下肚子。她自己勒紧裤腰带无妨,总不能再委屈了老公和女儿。慧芳出来打工后,家里的经济情况有所好转,省俭却已经成为习惯。

吃饭时,老公再多说,可他的眼神有点怪异,带着探寻的意味。老公的异常,慧芳似乎有所感觉。吃过晚饭,慧芳并没有带老公和女儿去厂里的宿舍休息,那样确实可以省一笔住宿费,但老公难免和陈老板碰面。慧芳心里坦荡,却难保老公小心眼。她知道他一向不是大气的男人,只要任何异性对她流露出好感,他都会打翻醋坛子,尤其是面对陈老板这样的成功男士。

把女儿哄睡着,慧芳准备跟老公摊牌,夫妻俩不兴这样绕来绕去的猜心思,伤感情。还是老公先打破僵局,说:"慧芳,你准备在这里干到什么时候？"

慧芳有愣住了，老公这句话太过突然，但她很是高兴，这至少说明老公对她的爱依然如初，否则不会如此。对慧芳而言，当然希望能早点赚够钱，回到蓁城工作，结束夫妻分居两地的非正常生活。可她顾虑重重，因为若是那样，生活的各项开支会大大增加。她并不担心老公不愿同甘共苦，只怕苦了日益长大的女儿。当慧芳把自己的想法一一说出时，老公却一下子红了脸，提高声音说："你不用讲那么多大道理，我知道，你就是不愿意跟我回去！我要是再不来，你是不想要这个家了！"

慧芳腾地一惊，她不知老公为何有此想法，质问道："你把话说清楚，你今天来到底是什么意思？为什么要冤枉人？"

老公看了看熟睡的女儿，见她完全没有醒来的迹象，才哆哆嗦嗦地掏出手机。这个动作让慧芳心里一暖，可老公接下来的举动，让她伤透了心。

老公指着手机上几条短信说："你看看，你看看，你干的好事！人家向我说道了好几次，我都不好意思问你！今天一试探，你就露馅了！"

慧芳抢过手机一看，短信有好几条，号码很陌生，都是让老公管好老婆云云的话，最后一条最过分，说慧芳已经和老板搭上，成了半个厂长。仿佛一盆冷水兜头泼下，慧芳石化一般，一动不动。想起自己以厂为家，吃辛吃苦想把生产质量搞好，可到头来还被人泼一身脏水，慧芳感觉到深深的耻辱。

老公本来做好了大吵一架的准备，可见慧芳这个样子，反而于心不忍，怕她气出什么毛病来。他轻轻唤了两声，见她还是没反应，不由着了急。其实，他并不相信匿名短信，但私心里，他认为在这个变幻莫测的世界里，美女非常容易迷失自己。慧芳长得好，尽管年纪不小，可依然楚楚动人，跟自己长期分居不是个事儿。眼下钱是赚了点，可夫妻感情却淡漠了，家务也都压在了他身上。他自私地希望：慧芳能回蓁城另找一份靠谱的工作，反正她在这里也一样是打工。

听了老公的"如意算盘"，慧芳慢慢平静下来。如果是从前，她一定会跟老公好好闹一场，把话说说清楚，不过，这大半年的经历似乎改变了她，她第一次发现，小知识分子型的老公挺有心机，晓得打女儿这张牌来挽回她，当然，这份心机都是因为在乎她。平心而论，慧芳还是喜欢老公通俗的一面，不喜欢他伪装清高。不过，如果老公没有这一点故作的姿态，她还会被他所吸引吗？当然，慧芳明白，世上没有任何一对夫妻会完全相同，可她终究无法亦步亦趋地跟随着老公的脚步，也许正是这种差异才吸引了彼此。慧芳笑了笑，觉得老公并不难对付。她努力平复自己的情绪，尽量平静地将最近厂里发生的事说了一遍。老公开头有些不耐烦，渐渐就被吸引住，全神贯注地听她的述说，甚至开始同仇敌忾。说着说着，慧芳感到几天来的悬空感消失了，她带着前所未有的清醒落到了坚实的地上，不是因为心曲得到了倾吐，也并非她在生活中的位置有了变化，而是彷徨苦斗了几十年之后的必然。

"生活就像逆水行舟，不进则退。"慧芳引用了一句她所知道的为数不多的名句。"活下来很容易，活出质量来全靠物质来打基础。空有精神，没用。所以我们当务之急就是齐心协力挣钱。这样才有未来。"望着熟睡的女儿，慧芳心中忽地涌出了一股勇气，"等我们存够了钱，自己干，到时候女儿就不用像我一样，打人家的工受人家的气了。"

随后，慧芳利索地报出了老公每年的收入、目前应有的家底和家里那套蜗居脱手后的价格，几乎毫厘不差。

在此之前，老公一直认为自己才是家里的顶梁柱，而慧芳只是贤惠温柔的妻子，而今天慧芳的表现却让他触动。挣钱，势在必行！这其实不消慧芳提醒。只要摸摸空虚的钱囊，他就底气不足。老公还想说什么，可是慧芳的气场太过强大，令他透不过气来。他听到自己虚弱的声音嗫嚅了几句："总要有所为有所不为吧？你在厂里的这种改革，触犯到了一部分人的实际利益，很难推进的。还不如赚点钱就走，最实惠！"

"我怎么能这么自私？"慧芳的训导又一次排山倒海般袭来，"如果人人都只想着自己，却对工厂的前途不管不顾，那工厂早晚玩完，我们这些打工的也会失业。"

"可凭你一个人的力量怎么能够推进改革？说不定过几天，老板顶不住压力，又会恢复流水线生产方式。"

慧芳说："陈老板是个明白人，很支持我。你要对我们有信心！"

老公不高兴地说："说来说去，又绕到陈老板身上。我知道他有钱，又支持你，我真害怕你最后跟了他，把我和女儿都甩了。"

慧芳笑了："我已经是孩子他妈，人家大老板怎么会看上我？"

反复权衡利弊的老公没再多说什么，沉默意味着默许。鉴于他态度不错，慧芳又恢复了温柔的表情，她知道自己最近太忙，忽略了老公的感受，不由内疚起来。这一晚，达成一致的夫妻极尽缱绻。第二天，心满意足的老公带着女儿回了蓁城。大后方已经稳定，厂里现实问题又摆到了慧芳眼前。

回到厂里，恰好遇到陈老板，陈老板听说慧芳的家属来了，打算请他们吃顿饭。慧芳解释说，家人已经回去。陈老板便埋怨她招待不周。见陈老板一脸真诚，慧芳忍不住将目前遇到的困难汇报了一番。陈老板听后，立刻将各个车间主任叫来批评一顿，要求他们坚决执行新的生产方法，并且按照慧芳的指示，严格车间的质检制度，把产品的达标率放进考核条例里，增加工人的积极性。慧芳提醒他，质检员的思想工作，也需要他来做一做。陈老板便依言把质检员找来，开了个小会，鼓励了一番，还承诺会给工作出色者涨工资。会议的效果立竿见影，车间主任们只得暂且继续支持慧芳，不敢私下使绊子。而质检员见老板亲自给他们开会，非常激动，都以万分的热情投入到工作当中去。唯有莲姐坚决要回到生产岗位去，慧芳只得尊重她的选择。

一切都进行得十分顺利，慧芳感受到了前所未有的成就感。当陈老板再次邀请她去应酬，她很爽快地答应下来。这次接待的是临县几个客商，大家情绪很高，喝了不少酒。酒席上，大家谈起了蓁城第八制锁厂,有的说它会被外商收购,有的说它马上就会宣告破产,总之,都说这家厂是没救了。慧芳听了有些伤感,不知不觉喝了不少酒。陈老板体谅慧芳的心情,并没有阻止她。回去的路上,慧芳吐了好几回,头晕目眩失去了知觉。一觉醒来,慧芳发现自己不在宿舍,而是躺在一家酒店的床上。陈老板坐在床边的沙发上,正微微打鼾。慧芳吓了一跳,赶紧起身,幸好自己衣服整齐,床铺也干干净净,她才把心放下。

这么一折腾,惊醒了陈老板。他揉着发胀的太阳穴,走近慧芳,温柔地说:"慧芳,要不要喝点温水?"

"不不!"慧芳连连摆手,努力回想着昨晚的一切。

陈老板看出了她的心思,解释道:"昨晚你喝醉了,把你带回宿舍动静太大,所以我开了个房间安置你。我怕你半夜呕吐没人照顾,就一直坐着,谁料还是睡着了。"

慧芳心中涌过一股暖流:除了老公,似乎没有其他男人对待她如此细心温柔,何况他还是自己的老板。她不是后知后觉、麻木不仁的女人,她精细的头脑、丰富的内心以及"过来人"的身份,令她对情感的诉求更为热切和复杂。她并非不懂陈老板的心思,可感动归感动,她却无意背叛自己的家庭。她咬咬嘴唇说:"老板,现在几点了,我要回去上班了。"

陈老板贴心地说:"你今天应该好好休息,我放你一天假。"

慧芳说:"不行啊,细胞生产方式才刚刚上轨道,工人们还未完全适应,我要是不回去盯着,怕会出乱子。还有,新成立的质检

小组和技术指导小组,技术还不够过硬。休息一天,我实在不放心。"

陈老板鼻翼翕动了两下,忽然抓住了慧芳的手,诚恳地说:"慧芳,你真是个好女人,更是个好员工。我从没有见过哪个员工,像你这样凡事都站在工厂的角度,为工厂考虑。我,我——"

慧芳见陈老板说得诚恳,不忍太伤他的心。她轻轻将手抽回,说:"老板,我既然在你的厂子做事,就会把它当成自己的厂,认认真真做出一番事业。这是都是我应该做的啊。"

陈老板摇摇头,略显痛苦地说:"不!不是每个人都像你这样。厂里的管理层都是我的亲戚,可我知道他们背着我都干了些什么。他们就知道捞好处!"

慧芳吃了一惊:"既然你什么都知道,为什么还让他们留在工厂?"

陈老板苦笑着说:"这个你就不懂了,再怎么说,他们也是自家人,还是向着我的。从前我提携过外人,相信过外人,可总有卷款逃走的事情发生。"他又说,"幸好,我遇到了你。慧芳,你温柔又能干,还有责任心,谁娶到你真是天下最幸福的事。"

慧芳明白陈老板说的不是假话。他此刻的眼神多情且温柔,像轻柔的羽毛拂过慧芳的脸颊。此刻,她忽然理解了阿玲,理解了胖虎。"谁知道未来会发生什么?只要今天开心。"——几个要好的女工经常嘲笑慧芳,讥讽她不是知识分子却胜似知识分子那般患得患失、多思多虑。对阿玲她们来说,生活就生活,每个人都有权利选择自己所喜欢的方式,无需思考、没有对错,快乐才是第一要义。可是,慧芳不能，陈老板也不能。慧芳知道，陈老板喜欢的是目前的她，工作中的她，他对她不抱不切实际的幻想。这或许是正确的情感观，但是这种情感并不稳固。在慧芳的价值体系中，生活的复杂性就在于，情感永远不可以凌驾于道德、伦理之上。

"陈老板，有机会我想带你去一个地方看看。"慧芳忽然突兀地插嘴道，她努力筑起一道堤坝，一道用现实抵挡即将到来的沦陷的堤坝。

陈老板正沉浸在自己编织的幻想中，语调绵软而低沉："你想带我去哪里？只要有你的地方，我都愿意去。"

慧芳干咳一声，清清嗓子，认真地说："我们去制锁八厂看看，那是我曾经工作过的地方。我想要你看看，曾经的辉煌如今衰败成了什么样子。"

"噢——"陈老板一时无法转圜，语气中透着失望，"慧芳，你真是不解风情，难道你不懂我的心？"

"我懂——"慧芳垂下眼帘，沉默了片刻，继而温柔地望向他的眼睛，"但我更加明白，我是个母亲，你也是个父亲，我们都要为自己的儿女和家庭着想。而你，还是整个厂子的父亲，是厂子的领头羊。家族企业的弊端，您已经看到很清楚了。"

陈老板在理智与情感间艰难切换，思忖半天，才表态说，自己跟不上形势，愿听美女指点。这倒不是贫嘴，他确实云里雾里，不知道慧芳这会儿又想唱哪出。

慧芳捋了捋散乱的头发，从床上坐起，她期望借这种姿态将自

己从眼下暧昧的气氛中抽离出来，抵御内心涌动的缠绵。

"我来贵厂工作的时间不短了，对厂里的情况熟悉了不少。产品的销量一向不错，那是因为市场还接受咱们目前生产的锁具。可是这种锁具，已经没有继续改良的可能，我想过个几年，就会被新型的锁具淘汰。我们现在更换了生产方式，又严格了质检制度，那么产值肯定会有所下降，继而影响效益。为了提高产值，我们得不断提升技术和设备。"

陈老板有点尴尬："说来惭愧，你知道我是农民出身，开厂至今，对产值产能、设备啥的专业术语实在是一招半式没能学会，至今还是一介有勇无谋的莽夫。既然你今天跟我摊牌，那么一定有后招等着，我愿意听你指示。"

慧芳狠狠甩了一下头发，下定决心，说道："总是吊儿郎当不行，做点儿事才是正经。现在工厂问题不少，我想去自己厂里请几个从前的技术骨干和管理人才来帮衬你。"

陈老板眼睛一亮，上前一步抓住慧芳的手说："慧芳，你的主意太好了。我愿意支持你，为了你，我愿意把厂里的中层都换掉。我想、我想什么你应该知道。我希望我们能成为一对最好的搭档，你就答应我吧。"

陈老板如此态度令慧芳大吃一惊，她稳了稳神，用力推开他："老板，你这样不好！快、快放开我。"

陈老板努力凑近她，亲切地说："慧芳，为了你我什么都愿意做！真的。我要离婚，娶你！你来当厂里的老板娘！我相信我们一定能

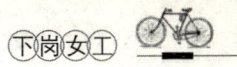

把厂子搞得更好！"

慧芳力气小，无法轻易挣脱，情急之下努力抽出一只手，在陈老板脸上拍了一下。她并没有用力，声响却不小，陈老板一下子懵了。趁他一愣神的功夫，慧芳挣开他的怀抱，夺门而出。

五

慧芳开始计划辞职，她猜不透陈老板对那一巴掌会有怎样的看法，反正她已经做好最坏的打算。她明白陈老板的表白不乏真诚的成分，可只要想起女儿和老公，什么私心杂念都会抛到一边。

第二天，预想中的狂风暴雨并没有出现。陈老板始终没有明显表示，仿佛什么都没发生过，这不禁令慧芳怀疑隔日的一切是否是一个梦境。然而，她清楚，那并不是梦境，至少她已无法泰然自若。从那天起，她开始避免所有与陈老板单独相处的机会，无论是应酬还是其他公事，即便陈老板专程托人请她去办公室，她也借故不从，以免再生尴尬。时间一长，一直冷眼旁观的胖虎等人看出了端倪。他们将这理解为慧芳和陈老板间关系的冷却，兴奋之余开始蠢蠢欲动。

胖虎并没有直接出面，而是找到阿玲等对慧芳心怀不满的女工吹了吹风："眼下慧芳在老板面前'失宠'，若有事发生，老板不见得会支持慧芳。"技术并不过硬的阿玲次品率一直居高不下，从

分手吧,罗拉

前有胖虎罩着,在流水线上混日子的她收入马马虎虎还过得去。自从工厂采用细胞生产方式,又明确了质检制度,阿玲的收入一落千丈,要不是几个"男朋友"明着暗着补贴她,她恐怕真要去喝西北风了。与阿玲情况相似的几个女工本就仇恨"罪魁祸首"慧芳,只是无可奈何,如今有了胖虎撑腰,态度也跟着强硬起来。

按照规矩,车间主任可以调整分组。胖虎故意将阿玲、凤喜和莲姐安排到同一组。凤喜负责第一环节,阿玲第二,最后是莲姐完成产品。莲姐见此情形,心知不妙,却也无奈,只得小心防备。果然,阿玲手里出了不少次品,却照常扔给莲姐。莲姐明白,即便自己忍气吞声完成产品,质检那关也无法通过,只好向阿玲指出,要求她返工。谁料,阿玲根本不承认出了次品,反而将责任推向莲姐。

"别以为有人撑腰,就可以冤枉人!"阿玲向莲姐发难,手指差点儿戳到莲姐的额头。

听到吵闹声,胖虎正中下怀,皱着眉头走来:"怎么回事?吵什么?"

阿玲一见靠山来了,指着莲姐又哭又闹:"我的产品明明合格,她非要返工,故意整我。"

胖虎瞄一眼产品,用眼角斜望着莲姐道:"你瞎眼了?她的产品都合格。"说着,他扭头对阿玲说,"别怕,你都扔给她,让她继续做下一道工序。"

莲姐急了,指着阿玲桌面上的次品大声说:"主任,阿玲出的明明是次品,就算我接受,生产出来也还是次品,质检那关怎么过?"

胖虎见莲姐当面顶撞，怒从心起。他一个箭步上前将莲姐狠狠推搡在地，不解恨似的又踢上几脚，嘴里不干不净地骂道："小娘皮，是谁给你撑得腰，居然敢跟我顶嘴。告诉你，在这个车间里，不，就算在这个厂里，我说产品合格就合格，不合格就不合格。以后你再不识相，就滚铺盖回你的老家去带孩子。呸，拎不清楚。"

　　女工们纷纷围拢过来，嘴里议论纷纷，阿玲的"同党"趁机帮腔，高声"申讨"莲姐，顺便指桑骂槐。凤喜见胖虎来势汹汹，不敢上前相帮，赶紧偷偷去叫慧芳。慧芳赶到现场，见莲姐倒地哭个不停，一时不知发生了何事，只好向胖虎询问。阿玲翻着白眼说，莲姐非说她的产品不合格，还跟胖虎吵架，胖虎才教训莲姐。

　　慧芳了解莲姐，莲姐绝对不可能故意惹事挑衅。再看看周围女工闪烁的眼神和胖虎凶神恶煞的表情，慧芳知道事情肯定没那么简单。慧芳走到工作台边，对产品检查一番，发现阿玲桌上的明显是次品。慧芳立刻明白这是胖虎故意护短，向细胞生产法和质检制度挑战，莲姐就是自己的替罪羊。慧芳克制住怒火，拿起一个次品面向胖虎："主任，吵架的事情容后再说。阿玲这个肯定是次品，莲姐没有做错。"

　　胖虎哼哼冷笑道："你说是次品就是次品，凭什么？你来这个工厂才不过几个月，就想跟我叫板？"

　　居然如此蛮不讲理？居然当众睁眼说瞎话？慧芳几乎无法遏制胸中的愤懑，脱口而出："这是两回事！难道你看不出这是次品，即便是上级部门来检验，这也是次品！"

胖虎轻蔑地瞟了慧芳一眼,说:"上级部门不会来检查!这里就是我说了算,你说了不算!你不是本事大吗?有本事去找我姐夫来啊?别蹬鼻子上脸不知道自己是谁!你要搞清楚,这厂是我家的。你算个什么东西!"

阿玲等人爆发出一阵哄笑,慧芳气得浑身发抖,再看其他组长那些回避实质的眼神,就知道他们早就被胖虎收买了。这是怎样的一群人啊?这些曾经淳朴的农民厌倦了土地,来城寻找新的出路,而当他们真的安定下来,融入打工生活,过往的朴实本色早已被他们丢弃到了一边,赚钱成了生活的第一要义。慧芳明白,想得到他们的支持实属妄想,她更不想当众与胖虎这种人一般见识,吵架也解决不了问题,只会越描越黑,她咬着嘴唇说:"主任,清者自清。你讲话要负责任。"说完,慧芳掉头就走。

胖虎每每令慧芳陷入悲愤和窘迫的境地之中,她自问自己并不孱弱,却总也无法承受这些粗粝又浓烈的情绪,无法继续面对胖虎他们的丑恶嘴脸。走出车间,迎着利刃般刺眼的阳光,抑制不住眼泪簌簌落下,割得她皮肤生疼。不过,慧芳明白,眼下不是哭泣的时候,要对付胖虎,唯一的办法就是得到陈老板的支持。可要转脸去求一个自己刚刚强硬拒绝的对象,慧芳感到难以接受。犹豫到下班,她没去找陈老板,转而去集体宿舍探望莲姐。

莲姐比慧芳想象中平静,或许对莲姐来说,打工过程中不公正的待遇太多,今天的遭遇实属平常。果然,莲姐说:"我早知道你会得罪一批人。你看,你跟陈老板好,他们不敢拿你开刀,就把矛头对准我们这些小喽啰。"

这番说辞在慧芳看来不可理喻，莲姐的误解加深了慧芳的痛苦。慧芳讶然道："莲姐，怎么连你也这么认为？他们编排我和老板的事都是假的，都是污蔑。"

莲姐语带怒气："慧芳，没想到你这么没志向，守着金矿却不会发掘。难怪在厂里这么久还混不出个名堂。"

刚进门的凤喜立刻表示抗议："莲姐，打人不打脸，你这么说慧芳姐有点过分。"

莲姐目光略带鄙夷，哼哼冷笑道："傻妞，别插嘴。我该给你洗洗脑了。同样是打工的，看看人家阿玲，还有三车间的荷叶，哪个不是穿金戴银，到哪里都吃得开，人家凭什么？" 在莲姐看来，二十岁不到的黄毛丫头凤喜，唯有等到自己被时光打磨得遍体鳞伤时，才会懂得生活的艰辛和不易。

凤喜被教训得喉咙干涩，半天才挤出一句："人家脸盘子靓，跟我们不一样。"

"哪里不一样？还不都是女人。"莲姐挥舞着粗黑的手，瞪圆眼睛说，"人家业务虽然不精，可是人家逮着机会就跟老板家亲戚套近乎，还有那个谁谁，他原来在设计部工作，觉得辛苦，现在人家做了主管，既有经济实力又掌握人脉关系。只有慧芳你每天傻乎乎的只知道出死力，尽做些捞不到实惠的事情。"

看来，莲姐说这番话早有预谋。论资历，慧芳并不比莲姐浅，人生的道理不需要莲姐来教她参透。慧芳无法指责饱受委屈的莲姐

短视而现实,可对方既然已经讲得如此不堪,慧芳只得抱惭而退。

慧芳思来想去,此事非同小可:生产和质检是工厂起飞的双翼,缺一不可。而那群被胖虎等人视作蝼蚁、背井离乡的女工,则是发展工厂最坚实的基础。她们沉默隐忍仿佛波澜不惊的海水,可若是姑息纵容胖虎等人肆意践踏她们的尊严、损害她们的利益,暗流涌动的水面迟早会掀起轩然大浪,那这段日子所做的改革又将回到原地。两害相权取其轻,慧芳终于说服自己,去见了陈老板。尽管陈老板对慧芳的拒绝难以释怀,但事关工厂的前途,孰轻孰重他分得清楚。陈老板马上找来胖虎和阿玲,还让莲姐送来阿玲的产品,三头六面,把事情了解清楚。

事情并不复杂,弄清缘由的陈老板严厉地指责胖虎:"这件事是你不对,你要向慧芳和阿莲道歉,还要在工厂会议上公开作检讨。"说罢,陈老板扭头对阿玲说,"我不管你是谁的亲属,如果你继续这样下去,我一样会解雇你,谁来求情都没有用。"

胖虎当着阿玲丢了面子,恼羞成怒:"大哥,我看你是中了那个女人的毒。你到底帮谁?谁才是你的亲人?"

陈老板本想放亲弟弟一马,对胖虎的处罚并不严重,不料毫不领情的胖虎居然敢当众质问自己,不由动了肝火:"我帮理不帮亲,如果每个车间主任都像你这样胡闹,我这个厂早晚玩完。你自己回去好好反省反省!"

胖虎知道哥哥说到做到,不敢再行顶撞,只得狠狠瞪了慧芳一眼说:"走着瞧。"

慧芳感到心惊肉跳。她并不恨阿玲等人，这些来自乡间的女孩，没有学识、头脑简单，虚荣的她们不遵守礼仪、不敬重素养、不愿劳心劳力，只是渴望都市的繁华和享受，为此不顾一切、不能自拔。慧芳真正担忧的是胖虎，若是他向陈家人胡说八道，那浮萍一般的自己如何能与他根深蒂固的家族势力抗衡？第二天，慧芳的预感成了真。胖虎带来一个胖老太太，老太太坐进陈老板的办公室，气势汹汹地说："谁是慧芳，你们给我把那个狐狸精抓住来。"

不容慧芳多想，她被胖虎和阿玲她们推搡着来到陈老板的办公室。慧芳心里七上八下，趁乱掏出手机给老公发了条微信。这似乎是最本能的反应，事实上她并不指望老公能帮忙，也无暇担忧他会误解自己，只是下意识地向他求救。

胖虎他们围了上来，慧芳站在他们中间手足无措，她目光无助地四处逡巡，耳边不断传来一两声夹杂着哭泣的若有若无的呵斥声。慧芳估摸着眼前的老太太就是陈老板的母亲。老太太对慧芳指指，嘴角边不知不觉堆起了白沫。胖虎等人则冷冷地瞪着慧芳，不时冷言冷语地帮几句腔。

四周的一切渐渐滑动起来，慧芳目之所及的物体似乎都在漂远，办公桌、沙发和人群上下移动，日光灯和开关变得扭曲柔软，与各种影响重叠起来。慧芳闭上双眼，竭尽全力与自己抗衡。她隔着衣服狠狠拧了自己一把，尖利的刺痛终于将她从飘飞的神智中扯回现实。她猜想大家一定在揣测她与陈老板的真实关系。直到陈老板用力分开众人，将慧芳护在身后，慧芳还盯着老太太那张喋喋不休的

嘴巴没完全醒过神来。

慧芳刚想开口说话,便被不同的声音打断,最后她只好闭嘴。她此刻的静默不再源自天性,而代表着自尊与无奈。突然,她听到陈老板高亢又疲惫的声音:"她只是我的员工,我们之间清清白白。"

"你干吗这么护着她?"

"她是人才,懂技术,有了她这个厂才能兴旺发达。才有钱给你吃喝玩乐。懂吗?"陈老板冲着弟弟吹胡子瞪眼睛,指着胖虎对母亲说,"这一切都是这个不成器的东西在搞鬼。"

慧芳本以为自己惹下了大麻烦,陈老板招架不住老娘和亲戚的吵闹,会将她解聘,却没想到陈老板如此有担当,她变凉的心再次热乎起来。

"你帮着她得罪我们有什么好处?"胖虎还在胡搅蛮缠。

老太太见慧芳不声不响,一脸老实的模样,气焰倒是收了几分。她换了种语气,对陈老板说:"儿子啊,慧芳再能干毕竟是外人,如果你为了她把亲戚都得罪了,以后遇到难处可怎么办呢?"

"指望亲戚帮我?"陈老板又好气又好笑,干脆扯了把椅子坐下,跟母亲理论起来,"当初我单枪匹马出来闯荡时,哪个亲戚借给我一分钱?我遇到过多少次难处,哪个亲戚主动帮过我?娘啊,要不是我发了财,您现在还在乡下的破房子里遭他们白眼呢!"说着,陈老板的态度愈发强硬,"娘,您还是回去享享清福,别再听风就是雨,儿子我做事自有分寸。"他扭过头,严厉地对胖虎说,"你暂时回去好好反省,我不让你来上班,你就不许来!"

"那她呢？"胖虎气呼呼地指着慧芳。

"哼！被你小子一闹，倒是提醒了我，既然你们这么不待见慧芳，那我就开个分厂，让她做副厂长，反正我早想拓展业务。"

慧芳躲在陈老板身后，静静地听着他们的对话。听说要自己做分厂副厂长，她不由满脸潮红，低头垂目，偶尔抬眼一瞥，只看见一颗密布胡茬的硕大喉结在令人惊悸地抖动。其实对于陈老板，慧芳还有很多未知，包括他的经历、背景甚至具体的年龄，一切的一切，老板不说，她不敢也不想去追问。这种现状，对于过去那个身在国企，最讲究出身的她来说完全不可思议。如果不是这次风波，慧芳可能永远也不会发现陈老板充满男子气概的一面。想到此处，慧芳自嘲地一笑。在这个讲究实惠的年代，"男子汉"这个词就像"信仰""崇高"之类字眼似乎已经十分遥远，但是它的熠熠光辉却总在不经意间拨动人的心弦。即使像慧芳这样务实的已婚女人，在内心深处对"男子汉"也怀有敬意和仰慕。在这之前，慧芳一直将陈老板看作是轻浮的登徒子，拒绝他之后一直惴惴不安："他是否会借机报复？是否对她不再支持？"她实在没有把握。而今天，且莫说其他，仅是他对她此刻的维护，就足以使她感动不已。

不知什么时候，老太太已然撤退。胖虎也灰溜溜地不见了踪影。

陈老板兴奋而又疲惫地坐回老板椅，说："慧芳，我们胜利了。"

慧芳不置一词，眼神溜出窗外。窗外一只麻雀斜掠过去，不一会儿又改变了航线，回转过来，若有所思地绕着一棵柳树飞了几圈。

这天晚上，为了赶上白天荒废的工期，慧芳带着她的质检小组

工作到了凌晨。陈老板望着慧芳专心工作的侧影，忽然生出一股冲动，很想拥抱眼前这个女人，以表示郑重感谢，虽然此举有点唐突，但他不知道除此之外还能用怎样的方式表达他由衷的谢意。不怕不识货，只怕货比货，虽说人不是货物，可是女人与女人的微妙差别也只有通过相处、比较才能觉出高下。陈老板第一次意识到，不知从何时起，自己的感情发生了变化。或许男人都喜欢小鸟依人的女孩，然而，在陈老板这个并不强悍的男人的内心深处，也隐约期盼对方的柔弱肩膀能为自己撑起小半边天。这似乎是一个鱼与熊掌不可兼得的渴望。

陈老板兴致勃勃地说："任何一个企业想要改革都不是件容易的事，但成事在天谋事在人，不是吗？慧芳，新厂已经在筹备，我相信会有新的气象。"

慧芳不是外行，不是不懂陈老板的潜台词。可在她内心深处，她对陈老板的乐观不以为意，阻力重重的家族企业，改革又能走多远？像今天这样的不愉快，又会发生多少回？对于困难，慧芳并不畏惧，只是，这些琐碎难堪的事件，是对她心中神圣的事业的亵渎和伤害。如果为了做一番事业，要忍受如此之多的侮辱，那么她宁愿走出去，独自闯一片天地，哪怕千辛万苦，她也矢志不渝。

在这暖风沉醉的夏夜，空气中浮动着甜蜜而潮湿的气息，慧芳幻想了千万种的决绝，可面对陈老板温柔又依恋的眼神，想说一句再见真的好难。

慧芳猛地站起身来，走出车间，来到大院里，她深呼吸几下，试图将这些杂念抛诸脑后。此刻，她突然无比想念老公，便拿出手机拨通了他的电话。听筒里传来纷乱的忙音，蓦然回头，慧芳发现老公不知何时已静候在厂子门口，她的心中忽然涌起热切的感动。陈老板与老公，谁是她的鱼谁是她的熊掌？或许谁都不是谁的谁。

不过，有一点慧芳可以肯定，老公和她必然是属于同"频道"的。而陈老板，他是开放的、狡黠的，富有激情又精于世故，他不带包袱、轻装上阵，如鱼得水般游走在传统道德的边缘。但是，无论如何，慧芳感激陈老板带她走进一种全新的状态，即便只为世俗的目标而奋斗，她也借此告别了下岗之后那个茫然无措的自己。

慧芳慢慢向老公走过去，她想挽起他的手一起回家，作为一个忠实的伴侣，作为开创事业的支持者，老公肯定是合格的。生活不会总如人意，或许调整自己的状态更为重要，至于未来，走走看看，路远且长。